みつばの郵便屋さん

奇蹟がめぐる町

小野寺史宜

ポプラ文庫

contents

Mitsuba's Postman5
Onodera Fuminori

小野寺史宜

みつばの郵便屋さん

Mitsuba's Postman

Onodera Fuminori

奇蹟がめぐる町

トレーラーのトレーダー

「平本《ひらもと》くん。これ、転入」と同期の筒井《つつい》美郷《みさと》さんから転居届を差しだされる。

「了解」と受けとり、裏面を見る。

転送《てんそう》開始希望日は、一週間先の四月八日。ありがたい。早めに出してもらえると、局はたすかる。

「一丁目。その番地だと、みつば高校に近いとこでしょ？」

「うん。新しめのアパート。ワンルームの」

「ハニーデューみつば。すごい名前だよね」

「確かに」

築浅《ちくあさ》のアパートには変わった名前のものが多い。やたらと長いカタカナとか、聞いたこともない単語とか。

「ハニーデューって、どういう意味？」

「蜜のことらしいよ」

「あぁ。蜜葉《みつば》の蜜。だからか」

と、まあ、意味を知ればたいていの人は納得するが、やはりアパートの名前っぽくはない。日本語にすれば、蜜みつば。重複。四葉《よつば》にあるフォーリーフ四葉、四葉四葉、みたいなもの。

新住所に続いては、転居者氏名。その手書き文字に目が留まる。

出口愛加《でぐちあいか》。さん。

珍しい氏名ではないが、同姓同名が何人もいる、という氏名でもない。もしや、と思う。あの出口愛加ちゃん？

顔がぽっと頭に浮かぶ。小学三年生の出口愛加ちゃんだ。髪はショート。夏にそうすることが多かった。それがよく似合っていたので、出口愛加ちゃんはそのショートの印象が強い。夏で、ショート。さらに言えば。公園で、ブランコ。

でも転居届を手に僕が思うのはそこまで。

確かめようがないのだ。転居届には、年齢が記されているわけでも顔写真が付されているわけでもないから。付されてたとしても、わからないだろう。何せ僕は、出口愛加ちゃんの今の顔を知らない。

そしてみつば郵便局自体にも、新しい人たちがやってきた。うれしいことに、そのうちの一人は僕ら一班に配属された。

　初日ということで、まずは集配課全員の前であいさつ。次いで、一班の僕らの前でもあいさつした。

「どうも。前いた局の周りは一戸建てばかりだったので、局のすぐそばに三十階建てのマンションがあって、驚いてます。即戦力になれるようがんばります。よろしくお願いします」

　山浦善晴《やまうらよしはる》さん、三十五歳。既婚、一児の父。やせ型かふっくら型かで言えば、ふっくら型。

　これでようやく一班の欠員補充は完了した。去年の十月に早坂翔太《はやさかしょうた》くんが出て以来、一人欠の状態が半年続いていたのだ。

　その後、山浦さんは、配達の準備にかかりつつ、班の人たちと言葉を交わした。僕のところへも来てくれた。第一声はこれだ。

「うわぁ。ほんとに春行《はるゆき》だ」

「似てますか？」

「うん。すぐわかるよ。配達中に気づかれない？」

「ヘルメットをかぶってれば、そんなには」

といっても、週に一度は気づかれる。その頻度は、この局に来たころと変わらない。

「弟さんがいるとは聞いてたけど、まさかここまで似てるとは。双子ではないんでしょ？」

「ないです。年子ですよ」

「似るもんだねぇ」

「よく見ると、パーツの一つ一つは微妙にちがうんですけどね。春行が全部いいほうをとって、残りが僕。そんな感じです」

「何かごめんね、いきなりぶしつけなこと言っちゃって。いい歳のおっさんなのに、舞い上がった。もう言わないよ」

「いいですよ、言っても」

そして今度は僕が尋ねる。

「山浦さんは、どこから来られてるんですか？」

返ってきた答はこう。僕とは反対方向、みつばから電車で二十分ほど下った辺り。

「ドア・トゥ・ドアで四十分。駅から十五分歩くんだよね。ここは駅に近くてたすかるよ」

「ご実家、ですか？」

「いや、自分の家。中古のマンション。買っちゃったんだよね、三年前に」

「おぉ。すごい」

「すごくないすごくない。ローン地獄だよ。先延ばしにするともっと地獄になるから、無理して買っただけ。駅から徒歩十五分で築二十年の中古。それが限界。子どもにもお金がかかるから、早くもカツカツだよ」

「お子さん、おいくつですか？」

「二歳。娘。生まれる前にってことで、買ったの。マンション」

「あぁ。だから三年前」

「そう。生まれてからじゃ、あれこれ大変だから。まあ、生まれる前ってのも、あれこれ大変なんだけど。結果的にはよかったかな、前にしておいて」

「参考になります」

「さて、準備完了。新しい局での初日。がんばりますか。四区って、あれだよね？　線路の向こう側だよね？」

「はい。四葉の奥です」

「田舎？」

「に近いですかね。緑は多いですよ。林も畑もあります」

三十五歳の山浦さん。配達員としてはベテランなので、局から遠めの四区や五区を持つ。土地鑑はないため、まずは通区《つうく》から。経験のある配達員についていき、配達コースや細かな注意点を教わるのだ。

通区は新人だと三日、ベテランだと二日、となることが多い。なかには一日でいいと言う人もいる。ほとんどが上級者だ。配達が速くまちがいも少ないマイスタークラス。例えばかつてこの局にいた伝説の人木下大輔《きのしただいすけ》さんや、今この班にいる谷英樹《たにひでき》さんのような。

今日、山浦さんの通区を担当するのがその谷さんだ。谷さんが通区をするのは、この局に来て初めてかもしれない。

谷さん自身に四葉の通区をしたのは僕。今となれば懐かしいが、あのときは大変だった。谷さんはこちらの言うことを何も聞いてくれないのだ。返事もしなければ質問もしない。時には勝手にわき道に入っていくこともあった。

谷さんの人への当たりは強い。相手が新人でもベテランでも関係ない。アルバイトさんでも局長でも関係ない。歳下でも歳上でも、男性でも女性でも関係ない。

そんな谷さんが通区。だいじょうぶかな、と思うが、そんな僕の不安を察したか、出がけに美郷さんが言う。

「だいじょうぶだよ。あの人と山浦さん、知り合いだから」

「そうなの?」

「そう。前にどこかの局で一緒だったんだって。ほら、四回も異動してるから、知り合いだけは多いの。まあ、あの人の場合、知り合いイコール敵かもしれないけど」

さすがはカノジョだ。よく知ってる。谷さんと美郷さん。二人は一昨年のバレンタインデー後に付き合いだした。

「でも山浦さんはちがうみたい。谷くんに通区してもらえるなんて貴重だよって、さっき本人に言ってた。課長もほっとしたんじゃないかな。二人が知り合いで」そして美郷さんはヘルメットをかぶって言う。「では我々も出発といきますか」

「うん」

ということで、出発する。谷さんと山浦さんは四区へ。美郷さんは三区の四葉へ。僕はみつば一区へ。

新年度だからといって前日と何が変わるわけでもないが、毎年、何かが少し変わったような気はする。まず、四月になったというだけで、春、のお墨付きをもらった感じになる。たとえ三月三十一日より気温が低くても、四月一日はもう春だ。雪が降ったとしても、春。

今日も風は冷たいが、陽光には温もりがある。新年度で太陽も動きだした感じがする。今年度もよろしく、と僕は心のなかであいさつする。何にって、みつばに。今バイクで走っているこのみつばの町に。

もしかしたら今年はあるかも、と思っていた。何がって、異動が。僕がこのみつば局に来て、もう丸五年が過ぎたのだ。あってもおかしくない。

一般的に、異動の目安は五年。あくまでも目安であって、決まりではない。三年で動く人もいれば、十年動かない人もいる。一班で見ても、僕より長い人が三人。でも去年の十月に出た早坂くんは二年半しかいなかった。僕よりあとに来て僕より先に出ていったわけだ。

この局に来たときも、初めて配達したのはこのみつば一区だった。マンションが多い二区に対して、戸建てが多い一区。新人なら最初に担当する区だ。長期アルバイトさんにも、みつば一区とみつば二区を持ってもらうことが多い。埋立地で、平坦。区画整理されていて道もまっすぐだから、配達がしやすいのだ。

通区の初日から丸五年経った今日も、このみつば一区を配達。やはり縁があるのかな、と思う。自分のカノジョが住んでるくらいだから、縁があるどころの話ではない。いわばホームだ。

新年度最初の配達は快調に進む。何も考えていないつもりがいつの間にかちょこちょこ考えていたりする。考えていたつもりがいつの間にか何も考えていなかったりもする。ただし、安全への意識は常に一定に保つ。

そして午前のうちに僕はハニーデューみつばへと差しかかる。一階と二階に四室ずつ、計八室あるワンルームのアパートだ。建物の色はベージュ、よりはちょっと薄め。アイボリー、とか言うのかもしれない。築浅だけあって、まだまだきれいだ。

郵便物があるのは二室。一〇三号室と二〇一号室。バイクを建物の前の駐車スペースに駐《と》め、一階、二階の順にまわる。一〇三号室のドアポストに封書を入れ、階段を静かに駆け上る。

その階段からすぐのところにある二〇五号室のドアが開いていた。一週間後からは出口愛加さんへの郵便物が届くことになる部屋だ。

え？　もう引っ越し？　と思ったら、ちょうど人が出てきた。三十代ぐらいの男性だ。頭にタオルを巻いている。

「こんにちは」とあいさつする。

「どうも～」と言って、男性は僕が玄関前の通路を歩きやすいようドアを閉めてくれる。

二〇一号室に向かいながら、横目で見る。男性は階段を下りていき、駐車スペースにあるワゴン車のリアゲートを開けた。あぁ、とそれで気づく。男性は業者さん。退去後のハウスクリーニングをしに来たのだ。

二〇一号室のドアポストにDMハガキを入れ、来たばかりの通路を戻る。二〇五号室の茶色のドアを見る。

やっぱりあの出口愛加ちゃんなのかな、と思う。もしそうなら、見ればわかるだろうか。出口愛加ちゃんも、僕を見ればわかるだろうか。わからなかったらさびしいが、わかったらわかったで難しい。何せ僕は配達人。受取人さんとの距離は保たなければいけない。

四葉には小さな会社がいくつかある。

例えば四葉クローバーライフや蜜葉ビール。前者は葬儀社。後者は名前のとおりビール会社だ。といっても、醸造はよそに委託している。社員は四人しかいない。事務所には西川那《にしかわな》美《み》さんだけがいることが多い。郵便物はいつも、事務所の外壁に掛けられた郵便受けに入れる。書留《かきとめ》があるときだけ、手渡し。対応は西川さんがしてくれる。

社長の高中《たかなか》さんの名前、尽、の読み方を尋ねたのをきっかけに、西川さんとは話をするようになった。ちなみに読みは、じん、だ。つくす、ではなかった。

今日は書留がないので、外の郵便受けに入れるだけ。と思ったら、ガラスの引戸が開き、西川さんが出てきた。二十代後半ぐらい。肌がとても白い人だ。

「あ、よかった」と西川さんが言い、

「どうも。こんにちは」と僕が言う。

「待ってたんですよ。出したいものがあるんですけど、お願いしてもいいですか？」

「はい。お預かりしますよ」

局に戻るのは夕方になるのでもしかしたらポストにお出しいただいたほうが早いかもしれません。ということはすでに伝えてあるから、その話はしない。

「バイクの音が聞こえたらすぐに、と思って、ずっと待ちかまえてたんですよ。郵便物がなくて素通りされちゃったらどうしよう、とも思ってました」

「ならよかったです」

社員さんが四人とはいえ、会社。郵便物がゼロの日はない。

バイクから降りて、郵便受けに入れようとしていた分を渡し、これから出す分を受けとる。

「いつもすいません。これまたいつもの言い訳ですけど、ここ、ポストがちょっと遠くて」

「駅まで行かなきゃいけないですもんね」

「そうなんですよ。わたしは事務所を離れられないし、仕事帰りに出すと着くのが一日遅れちゃうだろうから」

「もしあれなら、毎日手渡しにしましょうか？」

「いえ、それは悪いので」

「でも、なかに入ってお渡しするだけのことですし」

「何か偉そうですよ、小さい会社なのに」

「いえいえ、そんなことは」

「社長の高中も言ってます。ウチみたいにちっぽけなとこは謙虚にいかなきゃダメなんだと。自分がお客の立場になったときも謙虚でいる。でないと慢心する。んだそうです。ということで、出す分を持っていっていただくだけで大だすかりです。これでも充分偉そうです」

「では、お出ししておきます」

「お願いします」

蜜葉ビールをあとにすると、昭和ライジング工業や四葉自動車教習所をまわり、民家が点在する畑ゾーンに入った。

いつもより少し早いので、気持ちに余裕が出る。だから見つけられたのだと思う。何を？　カギを。車のトランクのカギ穴に挿しこまれたままのカギを。

そこは、家そのものが車のようになっているお宅だ。自走はできない大型のキャンピングカー。トレーラーハウス、というあれ。見かけは小ぶりなログハウスだが、よく見ると少し浮いている。下に車輪が付いている。

二年ほど前まで、ここはただの空地だった。ある日突然、このトレーラーハウスが置かれた。そしてすぐに転居届が出された。転居者は、峰崎隆由《みねざきたかよし》さん。郵便物は、週に一度ぐらいしか来ない。

玄関には、普通の家と同じようなドアが付いている。ドアポストもある。郵便物はそこに入れる。側面にはガラス窓もある。

僕が四葉を担当する日に書留が出たことはないから、峰崎さんと話したことはない。が、何度か外で車を洗っているのを見たことがある。歳は四十前後。無精髭《ぶしょうひげ》、よりはもう少し整った髭を生やしている。

その、峰崎さんがたまに洗っている車、にカギが挿しこまれていた。車は、柵のない敷地から車道に少しはみ出す形で駐《と》められていた。バイクで走ってきて、それがばっちり目に留まり、あ、カギ、と思った。郵便物があればよかったが、今日はないので素通りした。車内に人がいる様子はない。トレーラーハウスの周りに人がいる気配もない。うーむ。と走りながら考える。そして左に寄り、ゆるやかにブレーキをかけて、停まった。

その停まった感じで、四年前のことを思いだした。

あのとき僕は、四葉でなく、みつばにいた。みつば一区をやはりバイクで走っていたのだ。何かがひらりと宙を舞い、アパートの敷地と道路を区切る生け垣《いがき》に落ちた。風で飛ばされた洗たく物だった。僕はバイクを停めてUターンし、その落下点に戻った。で、後悔した。その洗たく物は女性の下着だったのだ。

迷いに迷ったが、そこでそうしているのも不審なので、持ち主と思われるアパートの住人にその事実を告げに行った。現物は持たずにだ。その住人こそが、三好《みよし》たまき。僕のカノジョだ。その後いろいろあって、そうなった。

そして今回も停まった。見た以上は、停まってしまう。洗たく物で停まる僕が、カギで停まらないはずがないのだ。

洗たく物は、一枚なくなったところでどうにかなるが、車のカギはマズい。今この瞬間があぶない。車が盗まれてしまうおそれがある。

そう考えたら、心は決まった。郵便物がなくても、伝えには行くべきだ。

後方確認をして、Uターン。僕はトレーラーハウスの峰崎さん宅に戻った。

バイクを車のわきに駐め、カギがトランクのカギ穴に挿しこまれていることをあらためて確認した。はい、オーケー、と指差し確認までした。伝えに行ったのに肝心のカギがなかったら、わけのわからないことになってしまう。

カギなら、抜いて持っていってもいいかもな、と思う。でもやはりやめておく。知らない相手に自分のものを触られるのはいやかもしれない。

車からトレーラーハウスまで歩く。およそ十メートル。ここはみつばでなく四葉。土地は広いのだ。

階段を上り、玄関のドアのわきに付けられたチャイムを鳴らす。インタホンではない。いわゆるピンポンチャイム。実際になかでピンポーンと鳴っているのが聞こえてくる。

いなかったらどうしよう。伝えにまで来ておいて、不在だからそのまま去る、というのも変だ。かといって、勝手にカギを抜いてドアポストに入れておく、というのも微妙。その場合は、一緒にメモを入れておくべきだろう。

などと思いを巡らしているうちにドアが開いた。顔を出したのは、たぶん、峰崎さん。

「はい」

「こんにちは。郵便局です」

「どうも。ハンコ?」

「あ、いえ。今日は書留もほかの郵便物もありません。ちょっとお伝えしたいことが」

「何だろう」

僕は右手で道路のほうを指して言う。

「外に車が駐まってますけど。あれは、峰崎さんのお車ですか?」

「そう。何、邪魔だった?」

「いえいえ。トランクにカギが挿しこまれたままなので、それをお伝えしようかと」

「カギ」

峰崎さんはパンツの左右の前ポケットに両手を当てる。その手をポケットのなかに入れもする。次いで後ろのポケットも確かめる。

「ないわ。ほんと? 挿しっぱなし?」

「はい。そうなってるのが見えたので、一応、お知らせしておこうと。盗まれたらよくないですし」

「そっか。行くよ」

僕が先に階段を下り、峰崎さんも続く。

二人、車のところまで歩き、トランク側で立ち止まる。

「ほんとだ。あぶないあぶない」と峰崎さんがカギを抜く。「荷物を出したあとに忘れたんだな。教えてくれてよかったよ。よく気づいたね。バイクに乗ってたんでしょ？」

「はい。気づいたのはたまたまです。走りながら、何となく車を見てたら、あれっと。それで、声をかけさせてもらいました」

「マジでたすかったよ。車のカギを見つけちゃったらヤバいよね。乗っていけんじゃん、と思うバカがいるかもしれない。この辺りは、どう見ても、防犯カメラとかないし。で、何、今は配達中だったの？」

「はい」

「ウチの分はないのに、わざわざ来てくれたわけだ」

「そう、ですね。カギを見てしまったので」

「今日だけじゃなく、ウチはいつもないけどね。よそとくらべて、少ないでしょ？」

「少なめ、ですね」

「ネットでできることは全部そっちでやっちゃうからさ、紙の郵便は、まあ、来ないよね。毎日通過できるから、郵便屋さんも楽でしょ。あ、でもあれか、通過できるってのは、郵便屋さんにしてみればよくないことなのか。お客にならないってことだもんな」

「住所がある限り郵便物は届きますから、皆さん、お客さまですよ」

「そう言ってくれるとたすかるよ。郵便料金を稼がせてないことへの罪悪感が減る。じゃ、郵便屋さんさ、ちょっと待ってて」

峰崎さんはトレーラーハウスへ駆け戻っていく。で、なかに入り、二十秒ほどで出てくる。瓶と缶を手にこちらへ駆けてくる。缶のほうを僕に差しだす。

「はい。カギのことを教えてくれたお礼」

「いいんですか?」

「どうぞどうぞ」

「すいません。ありがとうございます」と受けとる。

微糖タイプの缶コーヒー。何と、僕がいつも飲んでいる銘柄《めいがら》だ。うれしい。

峰崎さんが手にしている瓶は、ビールのショットボトル。見た感じ、色が濃い。黒ビールかもしれない。

「おれも仕事が一段落したんで、飲んじゃうわ。悪いね、郵便屋さんは仕事中なのに」

「いえ。せっかくなので、僕も休憩にさせていただきます」

峰崎さんは栓を開け、ビールをグビッと一口飲む。

僕も缶のタブをコキッと開け、コーヒーをチビッと一口飲む。

外が暑いと感じられるようになるまでは、いつも温かいコーヒーを飲む。でもこうして奇妙な縁で巡り合えた冷たいコーヒーもおいしい。

前から感じていたことを、峰崎さんに言う。

「車、カッコいいですね」

「お、うれしいね」

色は白。大きくはない。新しくもない。ヘッドライトの形やサイドウィンドウの形が、昭和を感じさせる。僕自身はほぼ知らない昭和。

「これは、何ていう車ですか？」

「いすゞのベレット」

「ベレット。もう売ってないですよね？」

「新車としては売ってないね。売ってたのは一九七四年まで」

「中古で買われた、ということですか？」

「そう。おれね、国産の旧車が好きなのよ。アメ車も悪くないけど、やっぱ国産なんだよね、日本の道に合うのは」

「高い、んですか？」

「バカ高くはないよ。新車一台分ぐらい。ただ、修理代が高い」

「いすゞの車って、最近あまり聞かないような」

「もうトラックとかバスとかしかつくってないからね」

「あ、そうなんですね」

「だからこそ、何か惹かれちゃうわけ。昔の車って、いいんだよ。今の車みたいに画一的じゃなくて。どれも一目でどのメーカーの車かわかったからね。車にくわしくないやつでも。まあ、実用性を追求するとどれも似たようなデザインになるのは、しかたないことなんだけど」

「最近の車は、本当にわからないですね。まさにくわしくない僕なんかは、メーカーのエンブレムを見ないとわからないです」

「買うほうも、昔ほどデザインを重視しなくなってきてるんだね。カッコいいに越したことはないけど、ほかとのちがいとかそういうことには、あまりこだわらない」

「でも乗ってみると、メーカーのちがいって、わかりますよね。この郵便バイクも、メーカーによって微妙なちがいがありますよ。ブレーキの感じとかアクセルの感じとか。排気音も、やっぱりちがいますし」

「それはあるだろうね。車よりバイクのほうがむしろ感じるかも。直《ちょく》で体に伝わるから」

「ブレーキとアクセルにはいつも乗ってる人の癖が出るって言いますしね」

「そうそう。出る出る。こんな昔のマニュアル車にはくっきり出るよ。クラッチ板のつながり具合が車によって全然ちがう、とかね。郵便屋さんは、何、普通自動二輪免許とか持ってんの？」

「いえ。僕は仕事に必要な小型限定免許だけです」

「私生活でもバイクライダーってわけじゃないんだ？」

「はい。僕はこのぐらいがちょうどいいです。これより大きくなると、自分では操れないような気がして」

「おれもそう。だからデカい車には惹かれない。ベレットぐらいがちょうどいいよ。これなら車と一体化した気になれる」

「わかります」

「おれも昔、バイクの免許もとろうかと思ったんだけど、結局とらなかったんだよね。車に乗ったらハマっちゃって」

「ここなら五、六台は楽に置けそうですけど。複数持ったりはしないんですか？」

「それはしない。コレクターではないんだよね。道具として、なじんだものを毎日つかいたいって感じかな。その代わり大切につかいますよっていう」

「それもわかります」

峰崎さんがビールをグビグビッと飲む。

僕もコーヒーをチビチビッと飲む。

「車だけじゃなくてお宅も、何ていうか、すごいですね」

「すごくはないよ」

「車同様くわしくないんですけど。普通に生活できるんですよね？」

「うん。水道も下水道も通ってるし、電気も来てる。プロパンだけど、ガスもつかえる。おれはシャワーで充分だから置いてないけど、フロ釜も置けるしね。最低限のことはできるよ。で、家を建てるよりはずっと安く上がる」

「そうなんですね」

「建てるのと同じぐらいかかるんなら、やっぱ建てちゃうだろうしね。最高に快適とは言わないけど、不便でもないかな。住めば都。慣れちゃうよ。まあ、土地は自分のだから、こんな暮らしをする必要も、ないっちゃないんだけど。ばあちゃんがおれに遺してくれたんだよね。しばらくはほうっといたんだけどさ、何か東京も狭苦しいなと思って、そんで来たわけ。ただ、この先どうなるかはわかんないから、またいつでも動けるようこれにしたの」

「ここから通勤されてるんですか?」

「通勤はしてない。ここが住まいにして職場。通勤しなきゃいけないなら、たとえ家賃が高くても職場の近くに住むよ。職場から徒歩三分、家賃二十万のワンルーム、とかね。通勤に一日二時間かけるなんてことはしたくないな」

「家賃二十万、ですか」

「都心ならいっちゃうよね、そのぐらい。家賃なんて、結局は場所だからさ。でも大事だよ、場所は。住みたくない場所に住むのは、相当なストレスがかかる」

確かにそうだと思う。だとしても、二十万。月の給料が家賃だけで終わってしまう。

「今は一人でやってるけど、前はもう一人、同居人がいたんだよね。郵便屋さんなら、わかるかな? 堂園《どうぞの》美織《みおり》」

「えーと、わかります」

転居届が出されたから覚えている。一年ほど前に転入し、二ヵ月ほど前に転出したのだ。

「おれさ、美織が出てったあとに、電話をかけて、転居届を出してくれって言ったの。あいつ宛のハガキとかが何通か来ちゃったから。でもそう言ってからは、もう郵便が来なくなった。あいつが届を出してくれたってことなんだよね?」

「そうだと思います」

「こういうとこに住むの、やっぱ女はいやなのかな。どう思う？　郵便屋さん」

「うーん。どうなんでしょう」

考えてみる。カノジョのたまきならどうだろう。自身、住まい兼職場のワンルームで翻訳の仕事をしているたまきなら、あっさり受け入れそうな気がする。何か楽しいよね、くらいのことは言いそうな気もする。

結果、さして意味のない返事をしてしまう。

「人によるんじゃないですかね。女性でもなじめる人はいるでしょうし、なじめない男性もいるでしょうし」

「まあ、そうか。そうだよな。おれは基本、朝から晩までここにいるからさ、たまには郵便屋さんみたいに外で動く仕事をしてみたくなるよ。といっても、毎日外は大変か。今日みたいに晴れた日はいいけど、雨の日だってあるもんね。好きなときになか、好きなときに外。そうできればいいんだろうけど。そんな都合のいい仕事はないもんな」

「峰崎さんは、自営、なんですよね？」

「白営、だね。株をやってんのよ。いわゆるデイトレーダーってやつ」

「あぁ。パソコンと向き合って、という」

「それ。向き合いっぱなし。まあ、タブレットなんかもあるから、ずっと家にこもってなくてもいいんだけど。ただ、モニターが複数あるほうが便利だったりもするんでね」

「テレビで見たことがあります。画面がたくさん並んでるんですよね?」

「うん。そうやって、いくつもの銘柄を監視する。やり方は人それぞれだけど」

「外でやる仕事とはちがう感じに疲れそうですね」

「楽に稼いでると思われたりもするけど、根気は要るよ。かなりすり減るしね。損を出したときは特に。だから一日一回は必ず外に出て、ベレットで走る。ほんとは、車でじゃなく、自分の足で走ろうと思ってんの。でもそう思って早二年。実現はできてない。もう四十一だから、そろそろヤバいんだけどね。実際、車で走って帰ってきてもまだ少しぼーっとしてて、今日みたいにカギを抜き忘れちゃうわけだし。と健気に反省してるように見せて、昼からビールだし」

そう言って笑い、峰崎さんはビールを飲む。

「儲けてないわけでもないから、都心にマンションを買っちゃおうかと思ったのよ。でもマンションは、買ったら買ったでいろいろ面倒なこともありそうだしね」

儲けてないわけでもない、どころではないのだろうな、と思う。都心のマンションを一括払いで買えるとか、もしかしたらそんなレベルかもしれない。

「どこでもできる仕事だから、都内に住む必要もないんだよね。二年前、急にそう思っちゃってさ。ならどうしようか、となって、こうしちゃったよ。あくまでも仮のつもりで。ばあちゃんから土地をもらったときは、四葉ってどこだよ、と思ったけど、住んでみたら案外心地いいわ。静かだし、緑もあるしで」

「配達してても気持ちいいですよ。特にこれからは、暖かくもなるので」

「だろうなぁ。春と秋は天国でしょ」

「まあ、そうですね」

「その代わり、夏と冬は地獄?」

「それも、まあ、そうですね。ただ、地獄でも配達はできるんだな、という妙な達成感は味わえます」

「おぉ。わかるよ。おれもそう。苦しんだあとにドカンと利益が出るとうれしい」

「僕らの場合、そこで利益は出ませんけどね。やっといつもの仕事を終えられた、というだけなので」

「郵便配達か。一度はしてみたいな。高校生のときに、やろうと思ったことはあるんだよね。正月のバイト。自転車でやるあれ。でも結局はやらなかった。ちょうどそのころに母親が死んじゃってさ」

「あぁ。そうなんですか」

「そう。だからばあちゃんのとこに行ったわけ。よかったよ、ばあちゃんがある程度金持ちで。というか、土地持ちで。と、まあ、それはいいとして。郵便局はさ、例えばおれなんかでも配達のバイトとして雇ってくれるわけ？」

「大歓迎ですよ」

「あ、でもバイクの免許がないわ」

「だいじょうぶです。原付免許で乗れるものもありますから」

「そっか。じゃあ、大損したら考えてみるわ」

「ぜひ。何なら大損しなくても、ぜひ」

「了解」

「ただ、春と秋限定、という雇用形態はないですけど」

「それも了解。そのときは夏も冬もがんばるよ。地獄での妙な達成感を味わう」

「お願いします」

峰崎さんはさらにビールを飲む。そしてボトルを口から離し、貼られたラベルを見る。

「四葉スタウト。知ってる？」

「いえ」

「これ、この辺にある会社がつくってるビールなの」

峰崎さんがボトルのラベルをこちらに向けてくれる。緑色に黒文字。漢字で、四葉。その下に英語で、STOUT。

「おぉ。四葉」

「つくってんのは蜜葉ビール。郵便屋さん、配達してるよね？」

「してます」

今日もしてきた。社員の西川さんと会話までしてきた。

「まだ新しい会社みたいだけどね、おれがここに来たときはもうあったよ」

僕がみつば局に来たときも、すでにあった。

「スタウトということは、黒ビールですか？」

「そうだね。ギネスみたいな感じ。おれはギネスより好きかな。日本のビールっぽくて」

「四葉スタウト。いい名前ですね」

「カッコいいよね。地元民なら飲んでみたくなる。四葉なんて、縁起もよさそうだし。地ビールだからちょっと高いんだけど、おれはまとめて買ってるよ。みつば駅前のデカいスーパーまで、わざわざ車で買いに行ってる。通販はやってないから」

「四葉スタウトのほかにも、何かあるんですか？」

「蜜葉エールっていうのがあるよ」

「蜜葉エール！」

「エールビールのエールね。そっちのラベルはエンジ色」

「飲んでみたいです」

「一本あげようか」

「あ、いえ。仕事中ですし」

「今飲まなきゃ平気でしょ」

「でも仕事中にビールを頂くというのも」

「印象が悪いか、ビールのボトルを持って郵便局に帰るのは」

「まあ、少し」

「そういえば、『ソーアン』でも飲めるよ。ほら、四葉の駅前にあるバー。あそこも、配達はしてるよね？」

「してます」

　してるどころではない。個人的に利用させてもらっている。郵便配達員として昼にサンドウィッチを食べることもあるし、平本秋宏《あきひろ》として夜にたまきと飲むこともある。

「あのお店はたまに行きますよ、僕も」

「あ、そう。おれもたまに行く。いい店だよね。ロックをかけてるけど、うるさくはなくて」

「はい」

「美織もあの店だけは気に入ってたよ。で、最近、あそこで飲めるようになったの。蜜葉ビール。マスターが言ってたよ。営業さんの押しに負けたって」

「そうなんですね。今度頼んでみます」

「そうして」

缶コーヒーの最後の一口を飲み、峰崎さんに言う。

「ごちそうさまでした。ではそろそろ」

「缶、もらうよ」

「すいません。ありがとうございます」と空き缶を渡す。

「こっちこそありがとね。カギ、たすかった。四十を過ぎてから、この手のうっかりが増えてきちゃってさ。ヤカンでお湯沸かしてんのを忘れてトイレに行っちゃうとか、洗たく機をまわしたのに干すのを忘れちゃうとか。株のほうでも変なミスをしないよう気をつけなきゃ。一つのミスで何百万の損、なんてことにならないように」

「何百万！」

「そんなミスをするようになったら、それがやめどきかな。トレーダーってある意味プレーヤーだからさ、体力も必要なのよ。視力とか注意力とか、そういうのも含めた体力。そんじゃ、どうもね。今後も配達をよろしく。って、ウチはほとんどないけど」

「よろしくお願いします」

峰崎さんが空き瓶と空き缶を手にトレーラーハウスへ戻っていく。その後ろ姿を見送りつつ、ヘルメットをかぶり、バイクに乗る。エンジンをかける。その音を聞いた峰崎さんが振り向き、空き瓶を持つ右手を挙げてくれる。僕も頭を下げる。出発する。

ここは四葉でも端のほう。お隣までは百メートル近くある。

カギのことを伝えてよかったな、と思う。一応、郵便配達員として行ったのに、蜜葉ビールに関する私的に有意義な情報まで知ることができた。

トレーラーハウスに住むデイトレーダー。トレーラーのトレーダー。受取人さんにもいろいろな人がいる。町にはいろいろな人が住んでいる。

受取人さんとの距離は、もちろん、保たなければいけない。でもこんなふうに情報を共有できるのは、いい。

ついでに言うなら、蜜葉エール、という言葉もいい。エールを送る、のエールとはちがうが、そのエールにも聞こえる。いい。

この時期の雨には、冷たいものと暖かいものがある。降ることで気温を下げる雨と、上げる雨だ。冬は前者しかない。でも春の今ごろになると、後者も増えてくる。

暖かい雨。本来なら、温かい、という漢字をあてるべきかもしれないが、体感としては、暖かい、だ。雨水が温かいわけではなく、それを包む空気そのものが暖かい。

今日はその暖かい雨。この雨には説得力がある。もうこの先冷たい雨はないな、とそんなふうに思わせてくれる。

その安堵感に少し気が緩んだのかもしれない。僕は久しぶりに転んだ。

誰のせいでもない。僕自身のせい。わかってはいたのだ。雨の日にバイクでその道を通るべきでないことは。降った次の日でさえ通るべきでないことは。

そこは僕らが言うところの、みつば高危険ゾーン。住宅地のみつばで唯一と言ってもいい、舗装されていない道だ。近くに民家はない。要するに、ショートカットするための抜け道。だからみつば一区の配達コースにも入ってない。

ただ、何かイレギュラーなことが起きたときや、休憩のためコンビニや公園に向かうときは通ってしまう。で、雨の日はやられる。雨の次の日でも、やられる。ぬかるんではいないように見える地面にだまされる。

過去、何人もが転んでいる。行けるだろうと思っては撃沈している。一年めのときに僕もしている。同じく一年めのときに早坂くんもしている。かつていたアルバイトの園田《その だ》深《しん》さんも荻野《おぎの》武道《たけみち》くんもしている。していないのは、伝説の人木下大輔さんだけかもしれない。

その木下さんでも、たぶん、通れば転ぶ。木下さんは、通らないのだ。僕ら凡人は無駄を省くためにそんな抜け道を通ってしまうが、木下さんは逆。転倒するリスクという無駄を省くためにこそ、そんな抜け道は通らない。

雨が降り、ちょうど止んだばかりだった。絶対に通ってはいけないタイミング。何度も言うが、わかっていた。にもかかわらず、だいじょうぶだろう、と思ってしまった。少なくとも人を巻きこむおそれはない。最悪でも自爆。そんな意識も、どこかにはあった。この場所での前の転倒から丸五年が過ぎ、熱さも喉元《のどもと》を過ぎていた。

路面はそんなに濡れてないように見えた。土が泥になってはいないし、水たまりもできてない。でも水は土にしみ込むものだから、なかはやわらかくなっているはず。お見通しですよ。だまされませんよ。だまされた。やわらかくなり具合が、僕の予想を超えていたのだ。

時速は十五キロも出ていなかったと思う。が、ニュルッといった。で、ビタン！

バイクで転ぶ直前の、あっ！という感覚を久しぶりに味わった。それを嚙《か》みしめる間もなく、地面に横たわっていた。土に見えていたものはやはり泥だった。泥は飛沫《ひまつ》となって、あちこちにはねた。

うそでしょ？と思った。その判断ミスはショックだった。わかっていてのミス。警戒していてのミス。やっぱり転ぶんだ、とも思った。バイクで運転ミスをすれば、こうして簡単に転ぶのだ。この場所に限らない。どこでだってそれは同じ。

「あぁ」と声を出す。出せる。

意識ははっきりしている。右ひざと右ひじに痛みがあるが、幸い、今後の継続性は感じさせない。アウト、とまではいかない。

右足がバイクのマフラーの下敷きにならなくてよかった。前に美郷さんが四葉でそんなふうに転んで火傷《やけど》をしたのだ。長く走ったバイクのマフラーはかなり熱くなるから。

ヘルメットも少しずれただけ。飛んだりはしていない。アルバイトの園田さんがここで転んだときは、ヒモをゆるくしていたため、ヘルメットが飛んでいったという。

「だいじょうぶですか？」と不意に言われる。

声がしたほうを見る。道の左側、みつば高のほうだ。その敷地内、グラウンドに一人の男子がいる。Tシャツにサッカーパンツ。ボールが校外に飛び出すのを防ぐために張られた緑色のネットに両手を当て、心配そうにこちらを見ている。

「あぁ。だいじょうぶ」と言い、ゆっくり上半身を起こす。

「ケガ、してないですか?」

「してないみたい。ありがとう」

ようやく少し落ちついて、男子の顔を見る。あれっと思う。先に言われる。

「あれっ。平本さんじゃないですか?」

「うん」

「ぼくは」

「宮島《みやじま》くんだ」とそこは先に言う。「宮島大地《だいち》くん」

「はい」

「うわぁ。久しぶりだね」

「はい。中二のとき以来だから、三年ぶりです」

そう。宮島くんが中二のとき以来。そのときに何があったかと言うと。宮島くんが職場体験学習に来てくれたのだ。みつば南中学の生徒として、みつば郵便局に。

十一月の三日間、僕のバイクに自転車で同行してもらい、配達の仕事を見てもらった。みつば第三公園でお昼も一緒に食べた。カッコをつけて、僕がおごった。その際にあれこれ話をした。だから宮島くんにはお父さんもお母さんもいないことを知っている。お母さんのお姉さん、伯母さんと二人で暮らしているのだ。みつば南団地で。

「みつば高生になったんだね」

「はい。近いから、ここに行こうと。偏差値もちょうどよかったし」

「今、二年生?」

「そうです」

「サッカー部員だ」

「はい」

「中学でもそうだったもんね」

「結局は補欠で終わりましたけど。で、今も補欠です」

「まだ二年生じゃない」

「来年も難しそうです。みんな、うまいから」

そう言って、宮島くんははにかみ気味に笑う。中二のときもそんなふうに笑っていたことを思いだす。

宮島くんとの同行は楽しかった。宮島くんはよく気づく子だった。歩道に歩行者がいればすぐに気づいて一時停止したし、マンションでエレベーターに乗る際にあとから人が来ればすぐに気づいてその到着を待った。郵便物の扱いも丁寧だった。僕に言われなくても、ハガキや封書をきちんと郵便受けの奥にまで押しこんだ。

「転んだ瞬間、見てた？」と尋ねてみる。

「はい」と宮島くんは答える。「郵便屋さんだなぁ、と思って何となく見てたら、スルンと。驚きました」

「僕も驚いたよ。まさか転ぶとは思わなかった」

「ここ、雨が降るとぬかるむんですよね。見た目以上に」

「そうそう。そうなの。わかってるのに通っちゃったんだよね。で、こんなことに」

「ほんとにケガはないですか？」

「うん。だいじょうぶ」

「ちょっと待っててください。水、持ってきます」

「あ、いいよいいよ」

「すぐです。すぐ来ます」

宮島くんは素早く振り返り、どこかへ走っていった。

雨ガッパを着ているとはいえ、長く座っていたら水がしみ込んできそうなので、僕も立ち上がる。雨ガッパは上も下も泥だらけ。特に右半分がひどい。

バイクを起こし、具合を見る。キャリーボックスの蓋《ふた》は閉めていたから、郵便物はセーフ。バイク自体も、ただ汚れているだけ。問題はなさそうだ。泥がいいクッションになってくれたのかもしれない。

宮島くんは二分ほどで戻ってきた。学校の敷地から出て、この道を走ってきた。両手にヤカンを持ってだ。

そう。ヤカン。ケトルというよりはヤカンと言いたくなるあれ。金色というよりはヤカン色と言いたくなる、いかにも運動部用といった大きめのあれ。それが二個。

「すいません。お待たせしました」

「すごい。ほんとに水が来た」

「一個じゃ足りないと思って、二個。マネージャーに借りてきました」

「悪いね」

「いえ。まずは手を。どうぞ」

僕が両手を差しだし、宮島くんがそこに水をかけてくれる。冷たいが、気持ちいい。身が締まる。

手がきれいになると、ヤカンの一つを受けとり、雨ガッパに自分で水をかけた。

「脱がなくてだいじょうぶですか？」

「うん。雨ガッパだからさ、一応、防水仕様」

「大変ですよね。配達は雨の日もあるから。ぼくがやらせてもらったときは、晴れてくれましたけど」

「まあ、慣れるよ。よくも悪くも慣れちゃうからさ、時々、こうやって油断しちゃうんだよね。通るべきでない道を通ったりして」

「ぼくも、配達をやらせてもらってから、安全に注意するようになりました。自分が自転車に乗るときとか。あとは、歩いてるときも」

「自分も含めた人の安全が第一、なんて偉そうなこと言っちゃったもんね、僕が。今のこれも反面教師にして。油断して痛い目を見ないように」

宮島水《すい》を贅沢《ぜいたく》にジャバジャバかける。くつも長ぐつなので、水がかかっても問題ない。

「このヤカン、結構入るんだね、水」

「はい。八リットルとか入るみたいです。マネージャーが言ってました。あ、背中のほうは、ぼくがやりますよ」

宮島くんがそう言ってくれるので、お願いする。背を向けて、そこに水をかけてもらう。

「何だろうね、この状況」と僕が笑い、

「何でしょうね」と宮島くんも笑う。

乾く前だったので、雨ガッパの泥は完全に洗い流せた。

ヤカンに残った水で、バイクも洗わせてもらう。白い風防や銀色のマフラーは念入りに。ただしマフラーは、なかに水が入らないよう気をつけた。

「それにしてもさ、よく覚えててくれたね、僕の名前まで」

「はい。えーと、春行に似てたから。一緒に職場体験学習に行った女子たちもそう言ってたし」

女子たち。たぶん、柴崎《しばざき》みぞれちゃんや柳沢梨緒《やなぎさわりお》ちゃんだろう。その二人は、当時予告したとおり、今年の年賀のアルバイトに来てくれた。そういえば、その柴崎みぞれちゃんもみつば高生だ。演劇部に入ったと言っていた。

「今もやっぱり似てますね、春行に」

「そう?」

「はい」

だから宮島くんが名前まで覚えててくれたのなら、春行に感謝だ。三年経った今もタレントとして高い人気をキープしてくれていることに、感謝。

そして水をつかいきり、ヤカンは二個とも空になる。

「ありがとう。すごくたすかったよ」と宮島くんにお礼を言う。「ごめんね、練習の邪魔しちゃって」

「だいじょうぶです。まだ始まってないので」

今この道でまた転んだりしないよう、バイクは引いていく。先の通りまで、宮島くんと並んで歩く。

「ほんとは缶コーヒーでもおごりたいけど、ここじゃ無理なんで。申し訳ない」

「いえ。役に立ててよかったです。ありがとうございます」

「いやいや。宮島くんがありがとうなんて言わないでよ。マネージャーさんにもお礼を言っておいて。お水、たすかりましたって」

「はい。言っておきます」

宮島くんなら本当に言ってくれるだろうな、と思う。

通りに出ると、ようやくバイクに乗り、エンジンをかける。無事、かかってくれる。異状はない。

「じゃあ、練習、がんばってね」

「はい」

走りだす。

同じ方向へ、宮島くんも走りだす。そこはサッカー部員、走って戻るらしい。

みつば高の校門の前を通過。あらためて、宮島くんが重い二個のヤカンを持ってそこそこ長い距離を走ってきてくれたことに気づく。

無様に転んだせいで、思いがけず宮島くんと再会できた。異動、しなくてよかったな、と素直に思う。局への在籍期間が短ければ、こういうことはあまりないだろう。事実、僕が四月に異動していたら、この再会はなかった。

もちろん、一つの局に長くいすぎるとよくないこともある。今まさに僕がついつい気をゆるめてあの道を通ったように。

みつば局に来て丸五年。が過ぎて六年め。慢心を痛感する。

ここで転んでおいてよかった。ガツンと一発食らわされてよかった。


春の空気は一雨ごとに潤いを帯びていく。

今日の配達は四葉。

硬貨が落ちる音とガラスが割れる音は、何故か耳がとらえる。音の周波数か何かの関係かもしれない。いや。ガラスはともかく硬貨に関しては、お金への人の執着のせいか。

今はガラス。割れた音。パリン！　というよりは、ガチャン！　遮《さえぎ》るものがあまりない四葉の畑ゾーンだからか、あるいは音自体が大きかったからか、わりとはっきり聞こえた。

僕は鬼頭《きとう》さん宅にいる。そこで不在通知を書いている。バイクを降りて納屋《なや》のほうへも行ってみたが、鬼頭さんはいなかった。だから母屋のほうへ戻り、不在通知を書きだした。そこへのガラス音だ。

書き終えた不在通知を玄関わきの郵便受けに入れ、顔の高さまである生け垣に寄ってみる。枝々のすき間から向こうが見える。数十メートル先にあるのはトレーラーハウス。そう。峰崎隆由さん宅だ。

その側面、四角い窓のところに人がいる。木のベンチか何かの上に立っている。たぶん、男性。たぶん、窓は割れている。男性が動き、窓が開く。外から手を入れてカギを解いたらしい。そして男性は桟に手をかけ、窓からなかに入る。

えっ？　と思う。何？

あらためて、見る。峰崎さんの車、いすゞベレットは駐まっていない。代わりにあるのが、４００ccぐらいのバイク。ということは、男性は峰崎さんではない。峰崎さんはバイクの免許を持ってないと言ってたから。

次いで、当然、こう思う。もしかして、空き巣？

いや。わからない。カギをなくした峰崎さんかもしれない。カギをなくしたから、しかたなく窓ガラスを割って、なかに入ったのだ。車のカギを抜き忘れたりもする峰崎さん。あり得なくはない。バイクは友人のものかもしれない。置かせてあげているだけかもしれない。

いやいや。窓ガラスを割って、家に侵入。それを見た人が思うことは一つだ。空き巣。そうとらえても、バチは当たらない。

僕はバイクに乗ってこの鬼頭さん宅に来た。音はあちらに聞こえなかったかもしれない。聞こえたとしても、どこかからどこかへ行っただけ、と思うのが普通だろう。バイクは庭に駐めているから、生け垣に遮られてあちらからは見えない。まさか窓から家に入る自分の姿を見られたと思ってもいないだろう。

でも。見てしまった。たまきの下着が風でアパートの二階から飛ばされるのも見た。どちらも峰崎さんのカギが車のトランクのカギ穴に挿しっぱなしになっているのも見た。どちらのときも、Ｕターンして声をかけた。見てしまったからには、対応した。その二つでさえしているのに、今はしない？

時間がない。急がなきゃいけない。ただ。僕に何ができるのか。

まず思いついたのがこれだ。１１０番通報。確かスマホからでもできたはず。

今一番大事なのは何か。峰崎さんが被害に遭わないこと。まちがいならそれでいい。

あの男性が峰崎さんの友人だったとしても、早合点してしまいましたと謝ればいい。

見ないふりも、しようと思えばできる。が、するわけない。郵便配達員だからこそ、僕は通報しなければならない。警察官とはちがって、町を守ることはできない。でも見ることはできる。

ということで。通報はする。するが、できることなら確かめたい。僕自身が納得したうえで通報したい。

覚悟を決めて、バイクに乗る。エンジンをかける。音は小さい。が。今まさに他人の家に侵入している人の耳なら、拾うかもしれない。どっちみち、僕の存在は隠せない。いつもどおりにやるだけだ。そうでないと、むしろ不審に思われる。

こんな日に限って、峰崎さん宅には郵便物がある。ＤＭハガキが一枚。いつもなら、ドアポストに入れる。今日は入れない。すぐには。

柵も何もない峰崎さん宅の敷地に入る。玄関の前にバイクを駐め、降りる。ヘルメットはとらない。このヘルメットが、何か不穏なものから僕の頭を守ってくれるかもしれないから。

すでに高まっていた緊張がさらに高まる。滑らかに滑らかに、と心のなかで言う。階段を上り、玄関のわきのチャイムを鳴らす。

ピンポーン。

出てこないこともあると思っていた。というか、その可能性のほうが高い。

そうは間を置かずに二度めを鳴らす。

ピンポーン。

出てこないならそれでいい、とも思っていた。出てこなければ、少なくともなかにいるのが峰崎さんでないことはわかる。もちろん、友人だということも考えられる。居住者本人ではないから出ない、という理屈だ。もしそうならしかたない。あとで謝ろう。

出ない。よし、退散。と思ったそのとき、カチャリとドアが開き、男性が顔を出す。

三十代ぐらいの男性。髭はない。峰崎隆由さんではない。

男性は何も言わない。ただ僕を見るだけ。

「こんにちは。郵便局です」と早口で言う。

その早口は自然だ。僕にしてみればあせりも混じっての早口だが、それでも不自然ではない。こうしてお宅を訪ねたときにのんびりとしゃべる配達員はいない。

そして僕は峰崎隆由様宛に来たDMハガキを渡、さない。見せさえもしない。これでも僕は郵便屋。居住者でない可能性が高い相手に郵便物を渡すわけがない。

「すいません。ちょっと確認させていただきたいことがありまして。えーと、ヤマダケイコさんはまだこちらにお住まいですか?」

今こちらに、ではない。まだこちらに、と言う。かつて住んでいた感じを出す。

男性はきょとんとする。警戒の色がやや薄れたように見える。

畳《たた》みかける。

「転送期間の一年はもう過ぎたんですが、最近またヤマダケイコ様宛の郵便物が来るようになったので、一応確認をと思いまして」

まったくのうそだ。ヤマダケイコ様なんて知らない。何か用があって郵便配達員が来たとこの男性が思ってくれればそれでいいのだ。

「あぁ」と男性が初めて口を開く。

誘い水を向ける。

「お出になられてからは、戻られてないですよね?」

思ったとおり、男性は一番言いやすいことを言ってくれる。

「戻ってないよ」

「わかりました。今後は差出人様にすべてお返ししておきますので。ありがとうございます。たすかりました」

僕は振り返って階段を下り、バイクへと戻る。シートに座り、エンジンをかける。玄関のほうを見る。ドアはまだ開いている。男性がこちらを見ている。突然飛びかかってこられたら。そう思い、恐怖を覚える。が、どうにかこらえ、どうもと頭を下げる。ドアは静かに閉まる。アクセルをまわし、僕はバイクを出す。

男性が、ここの住人じゃないからわからないよ、と言わなくてよかった。あれはやはり、峰崎さん本人のふりをしたということだろう。ヤマダケイコのことを知っているふりをした、と判断していいだろう。

一軒先、そして二軒先を過ぎて未舗装のわき道に入り、僕はバイクを停めた。エンジンも止め、ヘルメットもとる。そして自分のスマホで電話をかけた。初めて押す番号。わずか三つですむ番号。110番。

電話はすぐにつながった。

「はい、こちら110番。事件ですか？　事故ですか？」

「えーと、事件です」

何があったか。どこであったか。いつあったか。今はどんな状況か。矢継ぎ早に訊かれ、できるだけ正確に答えた。名前や住所や連絡先も訊かれた。自分がみつば郵便局の局員で、配達中であったことを伝えた。何もしなくて結構ですが現場にはいてください、と言われた。

電話を切ると、すぐに現場に戻った。男性と鉢合わせするのはこわかったので、とりあえず逆車線を素通りするつもりでいた。が、そうした直後にUターンし、再び峰崎さん宅の敷地に入った。バイクがなくなっていたからだ。

走り去ったのならその音が聞こえてもよさそうなものだが、聞こえなかった。現場から離れすぎた僕が、110番通報に夢中になっていたからかもしれない。でもこれはしかたない。逃走するのを見かけたところで、追いかけられない。400ccのバイクに本気を出されたら、追いつけない。僕には、信号を無視して追跡する権利もない。

あの男性。いや、もう犯人と言ってしまうが。安心してはいなかったのだろう。その場はしのげたと思ったかもしれないが、ヤバい、と思ってもいたのだろう。それはそうだ。自分が空き巣に入っているときに郵便配達員がやってくる。書留があるわけでもないのに訪ねてくる。あやしい。

それからまた少しバイクを走らせて車道の左側に停まり、警察の到着を待った。

ふと思いだし、ようやく局に電話をかけた。うまい具合に出てくれた小松《こまつ》課長に、ことの顚末を手短に報告した。

「そうか。それは大変だった」と小松課長は言った。「配達のことは考えなくていいから、警察の指示にしたがって」

「はい。報告があとになって、すいません」

「いいよ。緊急だから。もしも時間がかかって手だすけが必要なら、また電話して。谷くんか筒井さんに応援を頼むから」

「はい。一人では厳しいようなら電話します」

その電話を切って、待つこと五分。警察がやってきた。二台のパトカーでだ。意外にもサイレンは鳴らしていなかった。犯人が近くにいた場合のことを考慮したのかもしれない。

僕も峰崎さん宅に戻り、バイクから降りてパトカーに寄っていった。

パトカーから降りてきたのは、制服の警察官。計四人。みつば駅前交番から顔なじみの中塚等《なかつかひとし》さんや池上早真《いけがみはやま》さんが来るのかと少し期待したが、そんなことはなかった。皆さん知らない顔だ。

そのなかの一人、四十代ぐらいの人が言う。

「郵便屋さんだから、現場の番地が正確だったわけだ」

「はい。配達の途中で見かけたもので。一つ手前のお宅にいたときにガラスが割れる音がして、それで気づきました」

そして、ひととおり説明した。

そのあとにあれこれ質問がきたので、それに答えもした。

犯人の人相も訊かれ、見たままを答えた。やや長めの黒髪。髭はなし。メガネもなし。どちらかといえば、面長。どちらかといえば、やせ型。

「犯人がバイクで逃げるところは見てないのね?」

「見てないです。でも、たぶん、こちらに走っていったと思います」と鬼頭さん宅側を指す。「僕が110番に電話をかけてるとき、それらしきバイクは通らなかったので」

「バイクのナンバーも見てないということね?」

「はい。すいません。窓よりも奥に駐まってて。しかもこちら向きだったので」

「いや、それは結構。下手に見に行って気づかれでもしたら、あぶないことになってたかもしれない。そもそもね、犯人が窓からなかに入るのを見た時点で通報してくれてもよかったよ」

「でも、もしかしたら峰崎さんの知り合いかもしれないですし」

「だとしても怒らないでしょ、その峰崎さんも。誰かが窓ガラスを割って、なかに入った。それで通報されるのはしかたないよ」

「はい」

「いくら郵便屋さんでも、空き巣を訪ねていくっていうのはちょっと無茶だった。追いこまれた人間てのは、こわいよ。普段は穏やかな人間でもガラリと変わる。ナイフを用意してたら、つかっちゃう。頼っちゃう。だからさ、次からは、自分の身の安全を第一に考えて」

「はい」

「まあ、まちがいだったらいやだなっていうその気持ちはわかる。でも、結果的にまちがいだったところで、誰もあなたを責めないよ。特に今回の場合はね。郵便屋さんが軽はずみに通報したとは、誰も思わない」

「そう言ってもらえると、たすかります」

　聴取はそれで終了。さすがに警察官は慣れたもので、思いのほか時間はかからなかった。僕と話したのは二人。あとの二人は、パトカーの無線で何かを確認したり、トレーラーハウスの周りを見てまわったりしていた。

　最後に僕はこう尋ねた。

「これ、ドアポストにお入れしていいですか？」

「ん、何？」

「今日の郵便物です」

峰崎隆由様宛のＤＭハガキだ。

「あ、そうか。渡してなかったんだね」

「はい」

「じゃあ、預かっとく。ちゃんと入れておくよ」

「お願いします」とＤＭハガキを預ける。

結局、居住者でない人に渡してしまったが、今回は特例。しかたない。

ともかく。時間はかかったが、峰崎さん宅の配達も完了。よかった。

その後、僕は配達を再開し、ある程度目処が立ったところで、局の小松課長に電話をかけた。

「おつかれさまです。一人で最後までやれそうなので、応援はしてくれなくてだいじょうぶです」

「わかった。細かいことはあとで報告して。無事に終わってよかった。ほんと、ご苦労さんね」

そして翌日。僕は警察にもう一度話を聞かれた。もしかしたらあらためて話を聞かせてもらうことになるかもしれない、と言われてはいた。僕自身、まあ、そうだろう、と思った。例えば犯人の似顔絵を描くために呼ばれることもあるだろう、と。

僕が警察署に出向いたのではなく、警察官がみつば局に来てくれた。仕事の妨げにならないように、とのことで、午前中。そこも配慮してくれた。

局に来たのは一人。制服警官ではない。私服警官。いわゆる刑事さんだ。

刑事さんは二人一組で動くと思っていたので、少し驚いた。というか、拍子ぬけした。通報者に話を聞くだけなのだから、そんなものなのかもしれない。

でも、緊張はした。何せ、本物の刑事さんに会うのは初めてなのだ。

目つきが鋭いこわそうな人。実際に現れた四十前後の刑事さんに、そんな印象はまったくなかった。がっしりした体格でもなく、むしろ線は細い。

「すいませんね、お仕事中に邪魔しちゃって。すぐすみますから」と意外にやわらかな声で言う。

場所は、郵便課の隅。課長席に近い辺り。イスに座りさえしない。似顔絵はどうするのかな、と思っていたら、写真を見せられた。五枚。

「あなたが見た人はこのなかにいますか？」

いた。

「この人です」とすぐにその一枚を指した。

「まちがいないですか？」

「はい。まちがいないです」

そこは自信があった。これならほかの四人に罪を着せる心配もない。

「わかりました。ご協力に感謝します」

どうやら初めから犯人の目星はついていたらしい。つまり、常習犯。ほかの四枚の写真も、本当は必要なかったのかもしれない。この人ですね？　と言ってしまうと、そうかも、と僕が思ってしまう可能性があるので、複数のなかから選ばせたのだ。

「あの、お茶でも買ってきましょうか？」と、一応、言ってみた。

「いえ、結構。では失礼します」

刑事さんはあっさり帰っていった。局にいた時間は、およそ十分。

「あっけないね」と小松課長に言われ、

「ほっとしました」と返した。

本当にほっとした。気が楽になった。そうなったことで、昨日から微かな緊張が続いていたことがわかった。義務、というか役目は果たせたようだし、昨日も今日も配達に支障が出ることもなかった。よかった。

この日の僕の担当は、みつば二区。配達を終えて局に戻ると、局長室に呼ばれた。自分から訪ねたことは一度だけあるが、呼ばれたのは初めてだ。

「小松課長から聞いたよ。いろいろと大変だったね。ご苦労さん」と川田君雄《かわだきみお》局長は言ってくれた。

「大ごとにならなくてよかったです。いえ、事件だから大ごとは大ごとなんですけど、局に迷惑をかけるようなことにならなくて、よかったです」

「そんなふうには考えなくていいよ。というか、そう考えちゃダメだ。いざというときの決断が遅くなるからね。平本くんは、いい判断をしたよ。110番通報をする前に局に連絡する必要はなかった。そこで、通報はいいから配達を優先しなさい、なんて指示を出す局はないよ」

川田局長と僕。ともに立っている。初め、川田局長は局長席に座っていたのだが、僕が入っていくとすぐに立ち上がった。人を呼びつけて、自分だけ座ったまま話をする。そんな人ではないのだ。座って話すなら相手も座らせるし、そうでないなら自分も立つ。そうやって、いつも目線を同じ高さにする。

「とはいえ、勇気は要ったでしょ？」と川田局長は笑う。

「要りました」と僕も笑う。「自分が局員だからとか、今は配達中だからとかいう前に、110番通報自体、したことがなかったので」

「そうだよね。僕もない。いざそうなったら、躊躇《ちゅうちょ》するだろうな。見なかったことにしようか、なんて考えちゃうかもしれない」

「正直なところ、僕も一瞬考えました」

「おぉ。正直だ」

「でも、そのお宅のかたとは話をしたこともありますし。ここで見ないふりをしたら、絶対に後悔するだろうなと」

「そのお宅のかたを知らなくても、通報はしなきゃいけない。知ってる人かどうかで対応を変えちゃいけない」

「はい」

「でも知ってる人だからその人のためになりたいと思うのも、決して悪いことじゃないよ。そういうことが与えてくれる力っていうのは、バカにできない」

「そう、ですね」

「だからこれからも、これまでどおり、周りに気を配る丁寧な配達をお願いします」

「はい。ありがとうございます」

「じゃあ、おつかれさま」

「おつかれさまです」

そして数日後。僕は配達先のみつば駅前交番でも、その件で声をかけられた。今度は警察側、中塚さんと池上さんから。中塚さんは四十代半ば、池上さんは三十すぎぐらい。ともに制服警官だ。

ここへの配達は手渡し。この日もそうだった。珍しく、中塚さんと池上さん、二人がそろっていた。

こんにちは～、と僕が交番に入っていくと、中塚さんが言った。

「おぅ。春行」

これはいつものこと。中塚さんは僕を春行と呼ぶ。弟だと知っているわけではない。単に似てるから、そう呼ぶ。

「こないだ通報してくれたの、郵便屋さんなんだって?」とこれは池上さん。

「あぁ。はい。ご存じでしたか」と言いながら、郵便物を渡す。

「うん。近くで起きた事件だからね」

「もしかしたら中塚さんか池上さんが現場にいらっしゃるのかと思ってました」

「そんなときは、近くにいるパトカーが行くよ」

「そうなんですね」

「何、家に入るとこを見たの？」と中塚さんに訊かれる。

「はい。ガラスが割れる音がして、見たら、そんなことに。あせりました。通報するか迷いましたよ。そのお宅のかたの知り合いだったら困るので」

「知り合いがガラス割らないだろ」

「そうなんですけど。僕が知らない事情が何かあるのかもしれないですし」

「そこまで考えたか」

「考えちゃいました」

「でも結局は通報してくれたんだね」と池上さん。

「はい。もしまちがいなら謝ればいいやと」

「正義の味方。春行はやっぱスターだな。でも、無理はするなよ」

「はい」

「まちがっても犯人を追いかけたりはしないこと。特にバイクでのそれは危険だからな。自分が転ぶとか、誰かにぶつかるとか、そんなことになりかねない」

「そうですね」

「と、まあ、お願いはそこまで」と笑い、中塚さんはこう続ける。「勇気ある通報に、感謝します」


「いやぁ。ほんと、驚いたよ」と峰崎隆由さんが言う。「どうやって調べたのかわかんないけど、警察からいきなり電話がきて、あなたの家が空き巣に入られた、なんて言われるんだから。その電話自体が詐欺か何かだと思ったよ。でも帰ってみたら、ほんとに窓ガラスが割られててさ」

「あのときは、僕も驚きました」

「窓から入ったんでしょ？　そいつ」

「はい」

「それはあせるよね。うわ、マジで？　と思うよ」

今日は郵便物はない。が、それでも素通りはせず、配達の途中で峰崎さん宅を訪ねた。

このところ、四葉を担当するときは毎回そうしていた。一度めは、いすゞのベレットがなく、峰崎さんは不在だった。二度めは、ベレットはあるのに不在。三度めで、ようやく会えた。今日は、ベレットあり、峰崎さんも在宅。肝心の郵便物だけが、なし。でも訪ねようと思った。僕がこのまま何も言わないのも変だから。

通報したのは郵便配達員。そのくらいは峰崎さんも知っていた。僕が事情を説明すると、峰崎さんは言った。やっぱ郵便屋さんだったか。もしかしたらそうなのかと思ったよ。

そしてまたしても缶コーヒーをくれた。前回と同じ。僕が愛飲する微糖タイプだ。今日はまだやることがあるからビールは飲まないよ、と笑い、峰崎さん自身も缶コーヒーを飲んだ。

二人、トレーラーハウスの前で立ち話。訊かないのも何だよな、と思い、訊いてみる。

「あの、何か被害はあったんですか?」

「おかげさまで、そんなにはなかったよ。現金はあんまり置かないようにしてるから。盗られたのは、五十万ぐらい」

「五十万!」とつい声を上げてしまう。「多くないですか?」

「多いといえば多いのか。でも、データを盗られたり、パソコンだのモニターだのをぶっ壊されたりってのはなかったから。五十万なら、むしろ置いといてよかったと思ったくらい。だって、ほら、空き巣に入るやつのなかには、金目のものがないと腹いせに家具をぶっ壊したりするやつもいるって話だから」

「あぁ」

「もしかしたら、金は盗ったうえにパソコンもぶっ壊す気でいたかもしれない。でも郵便屋さんが来てくれたから、そうならないですんだんだと思うよ」

「犯人は、捕まったんですか？」

「まだみたい。警察から連絡はないよ。でもあちこちでやってるやつらしいから、いずれ捕まるんじゃないかな。そういうやつって、うまくいってるうちはやめられないでしょ」

「被害者が増えないうちに捕まればいいですけど」

「捕まっても、金は返ってこないだろうな」

「そうなんですかね」

「つかっちゃってるよ。つかっちゃって、また空き巣。そのくり返しでしょ。まさか空き巣で稼いだ金を定期預金にはしないだろうし。だから、たぶん、戻ってはこない。きたとしても少しかな。全額はとても無理」

そうかもしれない。振り込め詐欺の被害に遭った受取人さんから聞いたことがある。ムーンタワーみつばの三十階に住む人だ。だまされて二百万円を盗られた。犯人は捕まったが、お金は半分も戻らなかったという。

「それにしてもさ、失敗したよ」コーヒーを一口飲んで、峰崎さんが言う。「ほら、おれ、株やってるって言ってたでしょ?」

「はい」

「ネットでやってるから、そっちのセキュリティは万全なのよ。でも家のセキュリティが甘かった。外にベンチを置いといたのもマズかった。あれじゃあ、これつかってくださいって言ってるようなもんだ。笑っちゃうよ。笑えないけど」

と言いつつ峰崎さんが笑うので、僕もつられて笑う。

「おれさ、ネットでは案外有名人なのよ。デイトレーダーとしてブログもやってるから。それ以外に株式投資指南みたいなこともやってるし。で、家もこの家じゃん。トレーラーハウスでの暮らしぶりも、ブログに書くんだよね。写真を撮って、アップしたり。それがマズかったんだな。たぶんさ、場所を特定されちゃったのよ」

「蜜葉市の四葉だと」

「そう。それで、ほら、株でそこそこ儲けてることも知られちゃってる。なら何かいいもんがあるんじゃないかって、思うやつは思っちゃうよね。トレーラーハウスなら普通の家よりも侵入するのは楽だろうって」

ありそうな話だ。最近はネットの地図で入る家を探す空き巣もいるというから。

「五十万ぐらいなら盗られてもいいやと思って置いといたんだけど、まさかほんとに盗られるとは。やっぱ警戒はしなきゃいけないんだなって、入られて思ったよ。今回は空き巣だからよかったけど、これが強盗だったらこわいよね。こっちがなかにいるのを承知で入ってこられたらさ。まちがいなく刃物を突きつけられたりはするだろうし。刺されはしなくても、気持ちのほうがヤバいと思うよ。傷は残るよね。一人で家にいるのがこわくなったりとか」

「残る、でしょうね」

「そんなようなことをさ、美織も言ってたのよ。前に話した、元カノジョ」

「はい。堂園さん」

「ここに住んでたときに言ってた。あんたはいいかもしれないけど、わたしは一人でここにいるの、ちょっとこわいって。おれは聞き流しちゃってたんだけどさ、美織はかなり強くそう思ってたみたいで。この件で電話したら、ほら、やっぱりって言われたよ」

「電話、したんですか」

「うん。そしたら、心配して、来てくれた。割られた窓を見て、こわがってた」

「本当にすぐ来られたんですね」

「そう。だからその場でガラス屋に電話して、かなり硬いやつを入れてもらうことにした。どうせならこの機会にっていうんで、窓に補助錠もつけて、玄関のドアのカギも二つにした」

「それは、よかったですね」

「おれもそう思うよ。別に美織がまたここに住むってわけじゃないんだけど、とりあえずそうしてよかった。これをきっかけにさ、ちょっと考えるようになったよ。もう四十を過ぎたし、この暮らしもそろそろかなぁって」

峰崎さんがコーヒーを飲む。僕も飲む。微糖。いつもながら、苦くて、少し甘い。

僕はただの配達人。受取人さんの事情には踏みこまない。

だからこそ、思いつきで言う。いい意味で無責任に言う。

「峰崎さん」

「ん？」

「ここに家を建てちゃうっていうのはどうですか？」

「家を？」

「はい。セキュリティ万全の一戸建てを」

巨大も小を兼ねる

久しぶりに、配達で緊張する。

空き巣犯がなかにいる峰崎家を訪ねるときも緊張した。が、あれは、厳密には郵便配達員の仕事として訪ねたわけではなかった。今日は仕事だ。日常業務としての配達。

バイクから降り、書留を手にする。わかっているのに、宛名を確認する。ハニーデューみつば二〇五号室、出口愛加様。ものは、たぶん、クレジットカード。封書の右半分が硬いので、そうだとわかる。

こうなる可能性はあると思っていたが、こうならない可能性もあると思っていた。書留は、来ないお宅にはほとんど来ない。なかでもワンルームのアパート。住人に若い人が多いので、来ないことが多い。

それに、配達区のこともある。みつば一区は僕のホームだが、だからといって、毎日担当するわけでもない。アルバイトさんが入れば、たいていそこを持ってもらう。その時期は週に一度か二度しか担当しないようにもなる。で、たまたま僕が担当した日に、普段は来ない書留が来る。その可能性は低いと言わざるを得ない。

のだが、来た。来てしまった。

でもやはり同姓同名の別人という可能性もあるしな。いや、その前に。不在の可能性だってあるよな。土曜とはいえ、わからない。休みなので午前中から出かけているかもしれないし、そもそも土日休みの人ではないかもしれない。

と、そこまで考えて、苦笑する。考えてないで普通に配達しなさいよ。僕があれこれ考えたところで、何かが変わるわけじゃないんだから。

ということで、ゴー！

階段を静かに上り、二階へ。そしてすぐのところにある二〇五号室の前に立ち、インタホンのボタンを押す。

リロリロリロリロ。

おっと思う。よくあるウィンウォーンではない。みつば南団地と同じタイプだ。そこ以外では初めて聞いた。結構好きな音だ。温かい感じがする。

などと音に気をとられていると、今度は声がくる。女声。

「はい」

「こんにちは。郵便局です。書留のお届けで伺いました。ご印鑑をお願いします」

「ちょっと待ってください」

　プツッ。

　そのちょっと待ってくださいで、二十代だろうな、と思う。もっと上の女性だと、お待ちくださいになることが多い。さらに上だと、ちょっと待って、になったりもする。

　そしてすぐにドアが開き、女性が顔を出す。

　思ったとおり、二十代。同年輩。というか、たぶん、出口愛加ちゃん。本人。意外にも一目でわかった。小三のとき以来会ってはいないのに、だ。

　もちろん、自分からは何も言わない。言うのはこれ。書留の宛名を見せて、こう。

「ご住所とお名前は、合ってますか？」

「はい」

　インタホンの時点で、出口愛加様に書留が来ております、と言ってもいいのだが、最近はこうするようになった。特にマンションの一階ロビーやアパートでは。名前や部屋番号をお隣や近くの人に聞かれたくないと思う人もいるからだ。

　出口愛加ちゃん、というか出口愛加さんが僕を見ている。あ、春行！　という驚きはない。もしかしたら今日は初めてあるかも、と思っていた、あ、秋宏！　もない。出口愛加さんは僕に気づかないらしい。残念な気持ちと安堵の気持ちが混ざり、安堵が勝る。

今後も、元同級生ではなく、郵便配達員として接すればいいのだ、という結論が出る。

「ではこの部分にご印鑑をお願いします」

そう言って、書留を渡す。

出口愛加さんは、胸の前で印鑑を捺す。出口印。左右対称で、印影がきれい。

「じゃあ、これで」と出口愛加さんが書留を差しだす。

受けとって、配達証をはがし、書留だけを渡す。

「ありがとうございました」

「ご苦労さまです」

通路を数歩進んで、階段を下りる。そして端末への入力をすませ、バイクに乗る。

終えてみれば、あっけない。まあ、気づくわけないよな、と思う。僕だって、あらかじめ名前を知っていたから気づけただけかもしれない。そもそも。出口愛加さんは僕のことを覚えてさえいないかもしれない。そうであってもおかしくない。僕が出口愛加さんのことを覚えているのは、特別な理由があるからなのだ。特別な理由。想像はつくと思う。ありきたりな話。出口愛加さんは僕の初恋の人なのだ。

出口愛加ちゃんはかわいかった。クラスで一番かわいい子はほかにいて、二番が出口愛加ちゃん。それが周りからの評価だった。でも僕にとっては一番だった、と言うつもりはない。僕もやはり二番めにかわいいと思っていた。が、好きさでは一番だった。

そんな出口愛加ちゃんと、一度だけ二人きりになったことがあった。夏休みに、公園でだ。

僕は一人で自宅近くのコンビニに出かけ、そこで出口愛加ちゃんとバッタリ会った。女子と学校以外の場所で会う。出くわしてしまう。小三男子にしてみれば、それはひどく困惑させられることだった。うれしいけどマズい、と思った。トレーラーハウスの空き巣には見て見ぬふりをしなかった僕も、コンビニの出口愛加ちゃんには見て見ぬふりをしようとした。が、あっさり声をかけられた。

「平本くん」

「あぁ」僕は何故かそのコンビニにいることの言い訳をした。「家がこの近くなんだ」

その言葉がクエスチョンマーク付きの質問に聞こえたらしく、出口愛加ちゃんは言った。

「うん。近く」そして何とも大胆な提案をした。「そうだ。ねぇ、平本くん、そこの公園でアイス食べようよ」

要するに僕のことを何とも思っていなかったから気軽に誘ってくれたわけだが、小三の僕はその大胆さにひたすら感心した。もちろん、抗《あらが》わずにしたがった。一緒に近くの公園に行き、ブランコに座ってアイスを食べた。ソーダ味のアイスだ。棒付きの。

アイスなめに関して、僕は高い技術を持っていた。唯一の特技がそれ。棒付きのアイスなら、どんなタイプでも嚙まずになめきることができた。途中で一滴も下に垂らさずにだ。このときも、隣に女子！ という困難にも負けず、完なめを実践した。

「平本くん、アイス食べるのうまいね。わたしはすぐ嚙んじゃう」とほめられた。

僕は勝利した。そう思った。

「おいしかった。じゃあね」と言って、出口愛加ちゃんは帰っていった。

あったのはそれだけ。でもうれしかった。クラスの誰かに見られなくてよかった、と思いつつ、胸は弾んだ。胸は弾むのだということを初めて知った。

そのあとも、出口愛加ちゃんと僕の間には何もなかった。相思相愛になることはなかったし、一学期よりよくしゃべるようになることもなかった。

で、小四に上がるときに僕が転校した。両親が一戸建てを買ったのだ。それまで住んでいた賃貸マンションから二駅離れるだけ。とはいえ、小三にしてみれば、転校は転校だった。

十九年ぶりに見る出口愛加さんはちっとも変わっていなかった。と言いたいところだが、さすがにそうは言えない。今年二十九歳になる女性は、もう小三には見えない。当然だ。ショートの印象が強かった髪も、肩にかかるようになっていた。

　みつば一区を配達するときは、みつば第二公園で休憩をとることが多い。すべり台とブランコと三つのベンチがあるだけの狭い公園。いつもそのベンチに座って缶コーヒーを飲む。その缶コーヒーを買おうと入ったコンビニで、迷った。久しぶりにソーダ味のアイスを食べようかと思ったのだ。

　と言いつつ、実は迷うためにコンビニに入った。僕が愛飲する缶コーヒーなら、クリーニング屋さんのわきにある自動販売機で買えるのだ。でも出口愛加ちゃんとのアイスのことを思いだし、ちょっと惹かれた。

　ソーダ味のアイスは置かれていた。さすがは昔からの定番人気商品。袋のデザインはあのころと変わったが、商品名は同じだ。

　うーむ。とそこできちんと迷い、結局は缶コーヒーに流れた。アイスは、目にすることでよしとした。そちらにすると、コンビニの前で食べなければいけなくなってしまうからだ。

　その後、みつば第二公園のベンチに座って缶コーヒーを飲んだのだが。ゲリラ感に満ちたあやしい黒雲がモクモク出てきたので、休憩をそそくさと切りあげて配達を再開した。そして豪雨襲来《ごううしゅうらい》の直前にすべてを終え、どうにか局に戻った。あと五分遅れてたらアウトだった。

で、実際に五分遅れたのが山浦さんだ。

激しい雷雨の音を聞きながら、みつば一区の区分棚のところで郵便物の転送や還付《かんぷ》の処理をしていると、びしょ濡れの山浦さんがやってきた。タオルで頭や顔を拭きながらだ。

「いやぁ、参ったよ。急に来た」

「ダメでした?」

「ダメだった。あと三分で着くからカッパは着なくていいかと思ったら、甘かった」

わかる。ゲリラ豪雨は待ってくれない。バイクを停めて雨ガッパを着ようと場所を探しているうちに、やられてしまうのだ。

「ちょうどバス通りの陸橋を通ってたの。そしたら、ピカッときて。雷ドーン! 雨ザーッ! そのうえ、陸橋を下りる手前で赤信号」

「あそこ、長いんですよね」

「そうそう。陸橋のわきからくる道もあるから、二回分待たなきゃいけないんだよね。車に乗ってる人たちからは、哀れに見えただろうなぁ。バイクで停まって、ただ豪雨に打たれてるんだから」

山浦さんは、片腕で抱えていた弁当箱とステンレスの水筒を四区の区分棚の前に置き、同じく転送や還付の処理を始めた。

「お弁当、雨のときはいつもどこで食べるんですか？」と尋ねる。

「公民館のとこ。平屋の民家みたいなもんだけど、縁側があって、庇《ひさし》が付いてるから。でもこのぐらい降っちゃうと、あの庇じゃ無理だなぁ。そうなったら、蜜葉川の橋の下かな」

「お弁当があるのに店に入るわけにはいかないですもんね」

「うん。さすがにもったいないからね。店に入るくらいなら、配達を全部終わらせてから局で食べるかな。店は高いしね。ランチで八百円なんて、とてもじゃないけど出せないよ。五百円でもキツい」

「お弁当は、奥さんがつくってくれるんですか？」

「そう。といっても、昨日の残りものと冷凍食品が多いけど」

「でも、いいですね」

「まあ、安くは上がるよね。飲みものもさ、コンビニとか自販機とかでは買えないよ。もったいなくて」

「水筒には、何を入れてるんですか？」

「今は麦茶。冷たいの。冬はあったかい緑茶かな」そして山浦さんは言う。「結婚する前はさ、自分が職場に水筒を持っていくことになるなんて思わなかったよ。でも今はそれが当たり前。喜んで持っていく。子どもがもう少し大きくなってウチのが働きに出るまでは、ずっとこうだろうな」

「二歳でしたよね。娘さん」

「そう」

「二歳だと、もうしゃべります？」

「しゃべるね。イチゴ食べる、とか、おフロいや、とか」

「お名前、訊いてもいいですか？」

「うん。コナミ。小さい波で、小波。その漢字でサナミにすることも考えたけど、読みまちがえられたくないなと思って」

「いいですね。小波ちゃん」

　そこで山浦さんは意外なことを言う。

「ほら、タレントの百《も》波《なみ》っているじゃない」

「はい」

「あれ、本名ではないんだろうけど、後ろに波がくるのはいいなぁ、と思ってさ。あんなふうにかわいくなってほしいなぁ、とも思って。それでつけたの」

「そうなんですか」

「僕がっていうよりは、ひかりが好きでさ。あ、ひかりっていうのは、ウチのね。そっちはひらがなで、ひかり」

タレントの百波。僕の兄春行のカノジョだ。二人は同棲している。そのことはすでにバレている。芸能情報にくわしい人なら、皆、知っている。山浦さんは、くわしくないのかもしれない。くわしければ、言うだろう。僕が春行の弟であることは知っているわけだから。

「平本くんさ」

「はい」

「見せちゃってもいい？」

「はい？」

「写真」

「あぁ。見たいです。ぜひ」

山浦さんはスマホをこちらに向け、写真を見せてくれた。

小さな女の子が笑顔でこちらを見ている。右手をこちらへ伸ばしてもいる。この写真を撮影するパパのほうへ手を伸ばしたのだと思う。

「かわいいですね」

「ほんと?」

「はい」

「僕もそう思うよ。親バカでもバカ親でも何でもいい。思っちゃうんだから、しかたないよね」

そこへ今度は美郷さんがやってくる。写真を見て、言う。

「うわぁ。山浦ベイビー」

「もう二歳だよ」と山浦さん。

「じゃあ、山浦ガール」

「ガールは早いでしょ」

「じゃあ、山浦ヨウジ」

「ヨウジ?」

「乳児と幼児の幼児。英語で何て言うかは知らないから。名前、えーと、小波ちゃんでしたっけ」

「そう」

「かわいい！　奥さん似ですか？」と美郷さんはしれっと失礼なことを言う。

「うん。幸いにも」と山浦さんもあっさり返す。

そこへさらに谷さんまでもがやってくる。写真を見て、言う。

「おぉ」

それだけ。でも谷さんを知っている美郷さんや僕には、ほめているのだとわかる。山浦さんもわかっているらしく、それ以上は求めない。

が、谷さんは珍しくそれ以上を出す。

「いいっすね」


ゲリラ豪雨のあとは、カーッと暑くなる。すでに梅雨は明け、夏は夏だが、太陽がいよいよ本気を出した感じがある。

住宅地のみつばでもセミは鳴く。四葉ほど緑があるわけではないが、それでもどうにか木々を見つけ、そこに止まって鳴く。ミーンミンミンミンミンミ〜。

こうなると、もう大変。ペットボトルのお茶は、バイクの後ろのキャリーボックスに入れておくだけで温かくなる。生ぬるい、を超え、温かい、と言えるレベルになる。

バイクで走ったところで、ちっとも涼しくない。熱帯夜に部屋で扇風機をまわすのと同じ。熱風を浴びるだけ。汗がダラダラ流れる。流れつづける。配達に出ているあいだは一度も引かない。制服のシャツは一度も乾かない。

その意味で、みつば二区はありがたい。集合ポストがあるマンションの一階ロビーは冷房が効いているからだ。やっぱり真夏は二区かなぁ、と思いつつ、僕はみつば一区の配達を続ける。一丁目、二丁目とやってきて、小田育次《おだいくじ》さん宅。一戸建てにして、クリーニング屋さん。白丸《しろまる》クリーニングみつば店。

住居と同じ敷地内に店舗もある。庭にそれを建てた感じだ。わきには、僕がよく缶コーヒーを買う自動販売機がある。コンビニに行くよりは近いから、休憩する前にそこに寄る。

いつもは店の出入口のわきに掛けられている郵便受けに郵便物を入れる。ガラス越しに店の受付カウンターが見えるくらいだから、引戸を開けて手渡しをしてもいいのだが、郵便受けに入れてくれればいいよ、と店主の小田さんが言ってくれるので、そうさせてもらっている。

まずは自宅の門扉のわきにある郵便受けに小田育次様宛のDMハガキを入れる。そして外壁に沿って角を曲がり、店へ。幸い、お客さんはいない。確認したいことがあるので、今日は引戸を開けて入っていく。ひや〜っとくる。救われる。さすがはお店。冷房が効いている。だからきちんと引戸を閉める。

「こんにちは。郵便局です」

「どうも。ハンコ？」

「いえ。ちょっとお訊きしたいことがありまして」

「ん？　何だろう」

小田育次さんは小柄な人だ。六十すぎぐらいで、頭髪は白髪交じり。交じりというか、八割が白髪。いつも白いエプロンを着けている。だからいつ見ても全体的に白っぽい。

小田さんに、まずは店宛の封書を渡し、次いで小田苗《なえ》様宛の封書を渡す。宛名は手書きだ。裏の差出人名は、スタンプで捺された活字。高校名の下に、同窓会事務局、とある。還付してしまってもいいが、ものがものだけに、一応、確認をとることにしたのだ。

「苗様宛なんですが」

「あぁ」と言って、小田さんは裏を見る。「同窓会。高校か」

便宜的に持ってきたが、実はこれも微妙だ。郵便物を受けとる権利は、受取人さん本人にしかない。小田苗さんはこの封書をここに持ってこられるのをいやがるかもしれない。親子だからいいだろう、と僕が勝手に判断してはいけないのだ。親子関係にはいろいろある。なかには絶縁状態の親子もいる。

「苗さん、もうお住まいではないですよね？」

「うん。今は東京。板橋区。結婚して、名字もサクラザワになってる。桜に沢で、桜沢」そして小田さんは言う。「これ、受けとらなかったら、差出人に返されちゃうんでしょ？」

「そうですね」

「じゃあ、もらっておいて、僕から苗に渡すよ。ここにはよく来るから。それでいい？」

「はい。もし今後もやりとりがおありなら、差出人さんに苗さんの今のご住所をお伝えいただくべきかと」

「わかった。それも言っとく」

「お願いします。では失礼します」

冷房との別れを惜しみつつ、引戸を開けにかかる。が、小田さんに言われる。

「あ、郵便屋さん、ちょっと待って」

手を止めて、振り向く。

「あのさ、今は郵便物を分けて入れてもらってるじゃない。それを全部家のほうに入れてもらうことは、できる?」

「はい。白丸クリーニングさん宛のものもご自宅の郵便受けにお入れする、ということですよね?」

「そう。今すぐにってことじゃないんだけど。いずれそうしてもらうことになるかな。閉めてからも、店宛のものは来ると思うんで」

「あぁ」少し迷ってから、訊く。「お店、閉められるんですか?」

「うん。なじみのお客さんに知らせる余裕を見て、やるのはあと二ヵ月ってとこかな。閉めたあとも、しばらくは引きとり忘れのものを保管するけど。閉めたらもうずっと店にいるわけじゃないからさ、家のに入れてもらったほうが都合がいいんだよ」

「そうですか。わかりました。いつからという日にちがはっきりしたら、そのときにもう一度言っていただけるとたすかります」

「うん。決まったら、言うよ。ほんとはすぐでもいいんだけどね。今だってこんなだから」

そう言って、小田さんは背後の保管スペースを見る。そこにはクリーニングを終えたスーツやらワンピースやらが何着も掛けられている。どれもビニールカバーを被された状態だ。

「ほら、少ないでしょ？」

「少ない、んですか？」

「少ないねぇ。昔にくらべたら半分以下だよ。そうは見えないようゆったり掛けてはいるけど。これじゃキツいよ。どうにかがんばってきたけど、そろそろ潮時《しおどき》かな。いや、潮時はとっくに過ぎてる。赤字覚悟で無理やり続けてきただけ」

「お店は、大変なんですね」

「大変だねぇ。今は、ほら、洗えるワイシャツどころか、洗えるスーツなんてものまであるから。洗たく機の性能も上がって、毛布も自分で洗えたりするし。そのうえ、コインランドリーもたくさんある。ここ何年かで、あちこちにできてるよね。人件費がかからなくて割がいいから」

「確かによく見ますね、最近」

「そんななかで、ほかのクリーニング屋とも競合しなきゃいけない。ウチなんかじゃ、大手のところには勝てないよ。ほら、駅前の大きいスーパーの地下にも、あるでしょ？」

「はい」

「前の店のときはさ、まだどうにかなってたの。ただ、そこが去年の春にやめて、そのあと大手が来ちゃったわけ。で、料金を一気に安くしたんだよね。そしたらお客さんはどんどん離れちゃって」

「それは、キツいですね」

「実際、この辺りにあった取次店は軒並み閉まってる。ほぼ全滅だよね。三丁目の妹尾《せのお》クリーニングさんは去年閉めたし、四葉の赤堀《あかほり》クリーニングさんも今年になって閉めた。妹尾さんなんかは、スーパーの店が今のに替わってすぐだよ。これはもう無理だっていうんでね。賢明だったかもしれないな」

みつばの妹尾クリーニング店と四葉の赤堀クリーニング店。どちらにも配達はしていた。赤堀さんのほうは看板を外しただけでまだ店の建物は残っているが、妹尾さんのほうは取り壊され、今は二世帯住宅になっている。

「まあ、クリーニング屋に限らないけどね。飲食店でも何でも、店は難しいよ。いや、店もそうだけど、自営そのものが難しいのか。こんな住宅地でやっていけるのは、お医者さんぐらいでしょ」

そうかもしれない。医療機関に、つぶれるという印象はあまりない。人は病気になるし、なれば治療に行く。ならなくても、健診は受ける。みつばにも、二階堂《にかいどう》内科医院やみつば歯科医院がある。どちらもお客さん、というか患者さんでにぎわっている。というか混んでいる。二階堂内科医院の二階堂功《いさお》先生は大きな一戸建てに、みつば歯科医院の芦田《あしだ》静彦《しずひこ》先生はムーンタワーみつばの二十八階に住んでいる。

「歯医者の芦田先生は、ウチにクリーニングをまかせてくれてたんだけどね。地元の店にがんばってほしいから、なんて言ってくれてさ。でもそういう厚意に頼ってるようじゃダメなんだよね。それこそ郵便みたいに、みんなに当たり前に利用してもらえるようじゃないと」

「僕らの場合は、何というか、独占に近い形ですし」

「でも小包なんかは、競合があるわけでしょ？」

「まあ、そうですね」

「競合相手がいない商売なんてないけどね」

「はい」

「郵便屋さんはさ、ここの配達をするようになって、結構長いよね」

「丸五年経ちました。もう六年めです」

「じゃあ、妹尾さんがクリーニング屋だったのも知ってるか」

「知ってます」

「すぐ隣の山野《やまの》さんも、元寿司屋だよ」

「え、そうなんですか?」

「うん。親父さん、玄一《げんいち》さんだから、店も寿司玄ていう名前でやってた。かれこれ二十年はやったんじゃないかな。家を建て替えちゃったから、今はもう見てもわかんないけど。店を開けてたころは出前もやっててさ、うまいって評判だったよ。隣なのに、ウチもよくとってた。親戚が来たときなんかにね。で、器は直接返しに行ったりして」

「お寿司の出前。懐かしいですね。というか、今もあるんでしょうけど」

「やってるとこは少ないだろうね。宅配専門の寿司なんかもあるみたいだし」

「お寿司の出前は、特別でしたよ。何か、こう、高ぶりました。入学式とか卒業式とか、そんな日にとることが多かったので」

子どものころ、僕は寿司ネタでは玉子が一番好きだった。マグロが一番好きな春行と、いつも交換していた。アキが損してるじゃない、と母には言われたが、僕にしてみれば、玉子を二つ食べられるほうが得だった。時には父や母がくれたりもしたから、三つ食べることもあった。

「あとは、何軒か先の井畑《いばた》さんのとこも文房具屋だったな。名前は、何だっけ、えーと、そのまま井畑文具か。駄菓子なんかも一緒に売ってたよ。だから子どもたちがよく店の前に集まってた。うるさくてすいませんなんて、奥さんがたまに謝りに来てたよ。あのスーパーが改装したときにやめちゃったけどね。広い文具コーナーができたから」

「いろいろあるんですね」

「あるねぇ。みんな、店を始めたのは、あのスーパーができる前だったんだよね。で、まあ、いずれそういうのができるだろうとわかってはいたの。それでもどうにかなるんじゃないかと思っちゃうんだよなぁ、できてないうちは。今ならもうこんな住宅地で店をやろうとは誰も思わないだろうけど、あのころはまだちがったんだね」

「そのころのみつばも、見てみたかったですね」

「郵便屋さんは、今いくつ?」

「二十八です。じき九になります」

「じゃあ、あのスーパーができたころに生まれたのか」

「そのころ、このお店は」

「やってたよ。みんな、買物はそっちに行くようになったけど、クリーニングはウチに出してくれてた。クリーニングに出すものを持ってスーパーに行くっていう感じでは、まだなかったんだね。今はもう、毛布だってそっちに持っていっちゃうけど。そういうときだけは、近くても車で行けばいいんだから」

「まあ、そうですよね」

「僕はさ、今年六十四なのよ。年金を受けとれるようになるまでは続けたいと思ってたんだけどね。無理だった。それでも、まあ、恵まれてたほうなんだろうな。例えば五十でこうならなくてよかったよ」

小田さんの白いエプロン。その胸の部分に書かれた、白丸クリーニング、の青文字を見る。

「あ、そういえば」

「ん？」

「お店を閉められたあとも、外の自販機は置かれるんですか？」

「ジュースの？」

「はい」

「置くよ。店とは関係ないからね。まさに小銭稼ぎぐらいにはなってくれるだろうし」

「よかったです。いつもそこで缶コーヒーを買わせてもらってるんですよ。休憩する前なんかに」

「あ、ほんとに？」

「はい。こちらがないとコンビニまで行かなきゃいけないので、かなりたすかってます」

「そうか。だったらなおさらやめられないな。聞いてよかった。町の役に立てるのはうれしいよ。といって、値下げはできないけど」そして小田さんは言う。「何かごめんね。辛気臭い話だけじゃなく、昔話まで聞かせちゃって」

「いえ。僕にしてみれば新鮮な話でした。お隣がお寿司屋さんだったと知ることができてよかったですよ。山野玄一さん。もうお寿司屋さんのご主人にしか見えないです」

「話す機会があったら訊いてみな。たぶん、いろいろ教えてくれるから」

「そうします。では、日にちがはっきりしましたらおっしゃってください。失礼します。また缶コーヒーを買っていきますよ」

「ありがとう。よろしく」

引戸を開けて、外に出る。もわ〜ん、とくる。熱気に包まれる。冬の冷たい空気だと、こうはならない。冷気の粒子がピシピシと肌を刺してくる感じになる。でも夏は、もわ〜ん。包まれる。

自販機でいつもの缶コーヒーを買う。硬貨を入れ、ボタンを押す。ガタン。缶を取りだす。すぐには開けない。バイクの後ろのキャリーボックスに入れる。その状態で一時間も配達すれば、冷たいコーヒーがそこそこ温かくなる。温かいもの好きの僕としてはちょうどいい。計算ずみだ。

バイクに乗って、配達を再開する。

走りながら、残念だな、と思う。これまで当たり前に開いていた店が閉まってしまうのは、ちょっと悲しい。

クリーニング屋さんのほかにも、ここは以前美容室だったんだろうな、と思われる建物をそのまま残しているお宅はいくつかある。四葉にも一軒あるし、みつばには二軒ある。普段はその元店舗を見ても何も考えないが、こんな話を聞けば、考えてしまう。

埋立地にも歴史はある。時は場所を選ばない。どこであれ等しく流れ、過去をつくる。過去はすべて過去だ。現在として戻ってくることは、ない。過去として人の記憶に残ることだけが、できる。そしてそれは、たぶん、無意味でもない。


缶コーヒーもゆるゆる温まってるかなぁ、と思いつつ、配達をこなす。

暑い。白丸クリーニングみつば店を出たときから、暑さは続いている。もわ〜ん、も続いている。バイクに乗ることで、熱風にさらされる。なぶられる。

今年は冷夏だ、と事前に言われることがたまにある。言われても、期待はしない。数字上は冷夏でも、僕らにとって暑くない夏などないのだ。冷夏だから汗をかかない。冷夏だから日焼けしない。そんなことはない。冷夏でも汗はダラダラかくし、冷夏でも美郷さんはおでこの日焼けあとを気にする。

この日三十度めにはなるであろう、暑《あつ》、暑《あつ》、暑《あつ》、暑《あつ》、を口にしながら、メゾンしおさいに差しかかる。一階二階に各三室、計六室のアパートだ。特にしおさい感はないが、青色の建物で少しそれを演出している。

今日郵便物があるのは、一〇三号室と二〇二号室。まずは一〇三号室のドアポストにDMハガキを入れる。と、すぐにそのドアが開く。

「はい、到着」

顔を見るまでもない。片岡泉《かたおかいずみ》さんだ。茶色い髪が少し短くなっている。服装は、タイトなTシャツにショートパンツ。いつもの部屋着だ。

こんにちは、と言うより先に言われる。

「質問ね。お茶とアイス、どっちがいい？」

「はい？」

「お茶かアイスか。お茶は緑茶。アイスはソーダのやつ。どっち？」

「あぁ。えーと」キャリーボックスの缶コーヒーが頭をよぎる。「では、アイスを」

「あ、意外。でも了解。じゃあ、二階の配達、行ってきちゃって」

「はい」

言われるまま、僕は二〇二号室に向かう。階段を静かに上り、ドアポストに封書を入れる。階段を静かに下り、戻ってくる。

そして一〇三号室から片岡泉さんが出てくる。ソーダ味のアイス二本を手に。

「おつかれ」

「どうも。おつかれさまです」

「わたしは疲れてないよ。今日は休みだもん。休みの日でも労働者は労働者、という意味ではいつも疲れてるけど」

その言葉につい笑う。

「あ、何？　わたしだって労働者だよ」

「もちろん、そうです」

「といって、働く女性、みたいなカッコいい感じではないけどね」

「そんなことないですよ」

「郵便屋さん、知らないじゃん。わたしが働いてるの、見たことないでしょ」

「ないですけど」

片岡泉さんは服屋の店員さんだ。仕事中はばっちり決まってカッコいいのだと思う。

今日は休日だからふにゃっとしているだけだ。

「ほら、そんな話はいいから、座ろ。アイス溶けちゃうよ」

「はい」

いつもの段に、二人、並んで座る。毎年のようにではなく本当に毎年座っている、建物と駐車スペースの境にある段だ。

「じゃ、これ食べて」とアイスを渡される。

「すいません。いただきます」

袋を破り、棒付きのアイスを取りだす。なめる。

冷たい。うまい。出口愛加さんに書留を配達したあとのコンビニでは買うのを断念したソーダ味のアイス。まさかこんな形でそれに巡り合えるとは。

「あぁ。おいしいです」と僕は言う。

「うん。これはほんとおいしいよね」と片岡泉さんも言う。「わたし、女なのに、大人になった今もこっちが好き。チョコでくるんだやつとか、大福みたいなやつとか、その手のスイーツっぽいのよりは絶対こっち。パンチがある。ガツンとくる」

片岡泉さんらしい。初めてここでこんなふうにアイスを食べたときも似たようなことを言っていた。コーラでも、カロリーゼロのものより普通のが好きなのだと。去勢されてないほうがいいのだと。

そう。初めて片岡泉さんに頂いたのも、ソーダ味のこのアイスだった。四年も前の話だ。以来、片岡泉さんは、夏になると冷たい飲みものをくれる。

「あ、きた。頭、キーン!」そう言って、片岡泉さんはおでこに左手を当てる。ツラそうな顔のまま、続ける。「今日はね、わたし、考えたの」

「何をですか?」

「郵便屋さんに選んでもらおうって」

「選ぶ」

「あげるものを。アイスかお茶かを。そのほうが気が利いてるかと思って」

「利いてますよ、すごく。本当にありがたいです。ただ、ここまではしていただかなくても。何か、頂く僕が、ものすごく偉そうですし」

「ダメ。しちゃう。だって思いついちゃったんだもん」

「もちろん、それはそれでありがたいですけど」

言いながら、アイスをなめる。炎天下。アイスは早くも溶けはじめる。滴を下に垂らさないよう、うまくなめる。かつて出口愛加ちゃんにもほめられた技術。本領発揮だ。

「こないだね、友だちの結婚披露宴《ひろうえん》に行ったの。えーと、六月」

「ジューンブライド、ですか」

「そう。梅雨だから、雨降っちゃってさ。しかもザーザー降り。電車が止まって会場に着けないんじゃないかって気が気じゃなくて。って、まあ、それはいいんだけど。とにかく披露宴に行ってね、引出物にカタログギフトみたいなのをもらったの。もらった人がカタログのなかから好きなものを選ぶっていうあれ」

「あぁ」

去年、友人のセトッチと未佳《みか》さんの披露宴に出席した。そのときも引出物はそれだった。荷物にならないからたすかった。小さな掛時計をもらった。それを、カノジョのたまきにあげた。今はたまきの部屋の壁に掛けられている。気に入ってくれている。人にあげるものをもらってしまって申し訳ないな、とセトッチに対しては思うが、シンプルなデザインのその掛時計はたまきの部屋に合うな、とも思ってしまったのだ。

「それで思いついたの。そうだ、郵便屋さんにもそうすればいいんだって。だから、お茶もアイスも用意した」

「わざわざ用意してくれたんですか?」

「言いすぎた。いつも買ってはいるの。絶やさないようにしただけ。郵便屋さんをいつ見つけてもいいように」

でもそれは、やはり用意してくれていたということだ。

「ありがとうございます」

「どういたしまして」

「披露宴、どうでした？」

「よかったよ。派手派手にやってくれたから、楽しめた。わざわざボードを用意して、新郎がダーツの腕前とか披露しちゃうし。名前は知らない人だったけど、プロのお笑い芸人さんも来たし。で、最後は例によって、大号泣」

「花嫁さんの手紙、ですか」

「そう。嫁、泣く泣く。嫁の父も、泣く泣く。みんな、もらい泣き。まあ、わたしもそうだったけど。あれはちょっと反則だよね。目の前で何人もの大人に泣かれたら、そりゃつられるっつうの」

「つられますね」

「目はヤバいよ。わたしなんかさ、人が目薬さしてるの見ただけで涙出ちゃうもん。コンタクトレンズつけてるとこは、もう、こわくて見れない」

「そういう意味で泣いたんですか？」

「そういう意味じゃなくても泣いたけどさ」

片岡泉さんがアイスをかじる。この人はなめない。早めに噛むタイプだ。

「でもそれとは別に、何かいいなぁって思ったよ」

「披露宴がですか？」

「じゃなくて、結婚が」

「あぁ」

去年の夏にここでペットボトルの緑茶を頂いたとき、片岡泉さんはひどく落ちこんでいた。カレシの木村輝伸《きむらてるのぶ》さんが異動でロンドンに行ってしまったからだ。遠距離も遠距離。年末まで会えないと言っていた。

今の片岡泉さんは、落ちこんでいるようには見えない。いつもの片岡泉さんに戻っている。だから訊いてみようかな、と思う。でもそこは片岡泉さん。訊くまでもない。

「ほんとはさ、今年の夏、ロンドンに行こうと思ってたの。テルちんのとこ。でも仕事の都合で長い休みがとれなくて、あきらめた。正社員のツラさが出たよ。バイトの子に店をまかせて自分は海外ってわけにはいかないから、我慢した。わたしロンドンに行くからこの日とこの日バイト出て、なんて言えないもんね」

「ちょっと言いづらい、ですかね」

「だからロンドン一泊の弾丸ツアーも考えたんだけど。それじゃ意味ないなって」

「意味なくはないような」

「うん。意味なくはない。でもさ、そんなふうに無理して体調を崩したら、誰にも何のいいこともないじゃない。テルちんにも、わたしにも。帰ってきて仕事を休んだら、会社の人たちにも、バイトの子たちにも」

「まあ、そうですね」

「それに、会うならちゃんと会いたいよ。今日会って明日お別れなんて、さびしくなりに行くようなもん。そうなったら、帰りの飛行機に乗ってる十二時間、わたし、ずっとブルーでいる自信ある。で、みつばに戻って、なおブルー。郵便物も、受取拒否とかしちゃうかも。ブルー過ぎて受けとれませんて。もしわたしが郵便屋さんにそう言ったら、そのときは察してね」

「察します。察したうえで、隙を見てこっそりドアポストに入れますよ」

「何でよ」

「だって、本当に郵便物を返されちゃったら、困りますよね？」

「そっか。それは困る」

「だから、気持ち的な受取拒否だと言ってくれれば、あとでこっそり入れますよ」

「気持ち的な受取拒否だと言ってわたしがドアを閉めたあとに、入れるの？」

「はい。ドアポストのフラップがパタンと鳴らないように。静かに」

「そんなことされたら笑っちゃうよ」

「笑えたら笑えたで、いいじゃないですか」

「何、そのサービス」

「こっそり配達サービス、ですかね」

「郵便局がやることじゃないよね」

「需要はなさそうです」

片岡泉さんが笑い、僕も笑う。肩が揺れ、アイスの棒も揺れる。あやうく滴が垂れそうになる。垂らさない。うまくなめる。

こうなったら訊いてもいいよな、と思い、訊く。

「去年の冬、というか年末。輝伸さんはこちらに帰ってきたんですか？」

「帰ってきたよ。年末年始の五日ぐらいはこっちにいた。わたしも空港に迎えに行ったし」

「行ったんですね」

「うん。車はないから電車で行った。で、テルちゃんも電車でここに来た。実家よりこっちが先。トランクを引きずって来たよ、ここまで」

あわただしい年賀期間、木村輝伸さんはこのアパートにいたわけだ。

「去年ここでお茶飲んだとき、わたし、空港で会ったらテルちんに抱きついてチュウとかしちゃうかもって言ったでしょ？　で、郵便屋さんが、それもありだって言ってくれたの。相手を待ち焦がれてたことは周りにも伝わるから、日本人がそれをやってもおかしくないって」

「そんなようなことを、言っちゃいましたね」

「わたし、あれで背中を押されちゃってさ。抱きついてチュウする気満々で空港に行ったの」

「満々で、ですか」

「そう。それがノルマ、くらいの気持ち」

「ノルマって」

「でもできなかった。何か、そんな感じにもならなくて」

「まあ、いざ空港に着いてみると、そうなっちゃうのかもしれませんね」

「そういうことじゃないの。わたしの気持ちは続いてた。ただ、テルちんが泣いちゃって」

「泣いた、んですか？」

「うん。到着ロビーに迎えに行って。テルちんが出てきて。こう、歩いてくるでしょ？ テルちん、初めは笑ってたの。でも近づくにつれて顔がクシャクシャになって。最後は涙。号泣に近い感じ。ほぼ披露宴」

「あぁ。それで」

「わたしもね、イギリス女と浮気とかしてないでしょうねってふざけて言うつもりでいたんだけど、言えなかった。そんなだから、チュウの感じでもなくなっちゃって。ハグはしたけどね。結構長くしたよ。テルちんが泣きやむまで、五分ぐらいはしてたんじゃないかな。何なのよって思った。こいつほんとにいいやつじゃんて。そんなわけで、そこでのチュウはなし」

そこでのチュウ、というのはいい。そこ以外でのチュウ、を感じさせる。

「で、ここに戻ってきたわけですか。空港から」

「そう。泣きやんだあとに、テルちん、わたしにトランク引かせたりしてんの。ぼくは時差ボケだから、とか言って」

片岡泉さんと木村輝伸さん。想像できる。二歳上の片岡泉さんが、トランクだけでなく、木村輝伸さん自身のことも引っぱる。木村輝伸さんは、引っぱられることで片岡泉さんの背中を押す。

「でもって、あの披露宴でしょ？　意識はしちゃうよね、結婚。初めてしちゃったよ」

「初めて、なんですか？」

「うーん。そう言われると、初めてではないか。しょっちゅうしてるわ。でも、何ていうか、現実感をもって意識したのは初めてかな。まあ、披露宴に行ったら、たいていの女は意識しちゃうでしょうね。呼ばれてたほかの友だちなんて、すごかったよ。花嫁のためにじゃなく、自分のために写真撮りまくり。料理にお皿にグラス。テーブルにイスまで撮ってんの。自分のときの参考にするからって。ワインを注ぎに来てくれたウェイターさんに、これ一杯いくらですか？　とか訊いてるし」

「それは、すごいですね」

「貪欲すぎ。わからないではないけどね。やっぱり刺激は受けちゃうから。ウェディングドレスとか、着てみたくなるしね」

「なるものですか」

「そりゃなるよ。ただ、ちょっと不安。わたし、ああいうヒダヒダがたくさんついたウエディングドレス、似合うかなぁ」

「似合いますよ」

「うれしい。でもあっけない」

「え？」

「似合うかなぁって言われたら似合うって言うしかないけど。わたしも実際、そう言わせるために言ったけど。でも、もうちょっとタメて言ってほしかった」

「タメて」

「うん。もったいをつけて」

「すいません。じゃあ、やり直しますか？」

「いいよ」と片岡泉さんは笑う。「説明したうえでのやり直しはキツい」

「ですね」と僕も笑う。「でも、本当に似合いますよ。こう言ったらまたうれしくないかもしれませんけど、ウェディングドレスが似合わない人なんて、いないですよ」

「いるでしょ」

「いえ。いないです」

再びセトッチの披露宴を思いだす。

新婦、瀬戸《せと》未佳さん。旧姓川原《かわはら》未佳さん。もしかしたら、出席していた友人にしてタレントの百波よりきれいだったかもしれない。別にくらべるものではないし、百波がきれいでなかったと言ってるわけでもない。百波はいつものようにきれいだった。いわゆるタレントオーラを放ってもいた。でもそういうのとはちがうところで、未佳さんはきれいだった。これはもう理屈じゃない。喜びに満ちた人はきれいなのだ。花嫁さんは、きれいなのだ。

アイスをひとなめして、僕は言う。

「何でしょうね。女の人は、ちがいますよ。ドレスのおかげできれいに見えるっていうのでもなくて、やっぱりちがいます。タキシードが似合わない男はいるかもしれませんけど、ウェディングドレスが似合わない女の人はいないです」

右隣、片岡泉さんのアイスから滴がぽたりと垂れる。白いコンクリートにしみができる。雨の最初の一粒が落ちてきたときみたいに。

「郵便屋さん、それはダメだわ」

「はい？」

何か失言をしてしまったか、とあせる。そうでなければ、女性を変に美化する媚売り男、ととられたか。

「それは女が喜んじゃうよ」

「いや、あの、一応、本気で言ってますよ」

「わかってる。ちゃんと伝わってる。だから喜んじゃうんだって」

「あぁ」としか言えない。

「その顔でそんなこと言っちゃったら、そりゃ女は喜ぶよ。春行みたいなその顔でそれはズルい。やっぱり反則だよ。現にわたしだって喜んじゃってるし」

「喜んでいただけたのなら、まあ、それでいいかと」

「ウェディングドレスが似合わない女はいない。今年も頂きました」

「何ですか、それ」

「郵便屋さんの、今年の一言。郵便とはまったく関係なし」

　そう言われ、ちょっとドキッとする。僕は配達人で、片岡泉さんは受取人。そして僕らは郵便とはまったく関係ないことを話している。

　片岡泉さんが、小さくなってきたアイスをいろいろな角度から眺めて言う。

「わたしさ、去年正社員になったでしょ？　この一年で、仕事は大変だなって思ったよ。郵便屋さんの苦労も少しわかった」

「僕の苦労、ですか？」

「うん。ほら、配達にはバイトくんが来ることも多いじゃない。ああいう子たちの指導は、郵便屋さんがしてるわけでしょ？」

「まあ、そうですね」

「わたしもそっちの立場になってわかった。自分が教えた子がミスをしたら、それは自分の責任なんだよね。まちがって教えたわけじゃなくても、責任はとらなきゃいけない。教え方が甘かったたってていうことで」

「はい」

「やることは服の販売でも、正社員だから、月の売上目標なんかもあるわけ。それに届かないと、へこむ。バイトの子たちの面倒を見つつ、売上も伸ばさなきゃいけないから、結構大変なの」

「販売は、そうでしょうね」

「わたし自身がバイトから正社員になったから、痛いくらいによくわかるよ。バイト時代の自分がどれだけ適当にやってたか。どれだけ好き勝手なことを言ってたか」

「立場が変わると、見方も変わりますもんね。どちらが正しいということでもなく」

「ほんと、そう。ただささ、これが意外と楽しいんだよね。大変は大変で、もういやだってなることもあるんだけど。そこを乗り越えて、どうにか問題を解決して、あぁ、よかったぁって一息つく。で、振り返って、思うの。ちょっと楽しかったなって」

「わかります。たぶん、全力でやってるからなんですよね」

「そうそう。全力。余力なし。やってるときは、全力かどうかわかんないの。そんなこと考えないから」

「それがつまり全力ってことなんでしょうね。夢中になっちゃってるというか」

「いつの間にかなってるよね、夢中に」

「はい。なろうとは、してないですもんね」

「してない。全然してない。もう、ただただ必死。結果、夢中」片岡泉さんはアイスをもうひと嚙みして言う。「楽しいことだけじゃなくてさ、うれしいこともあるよ」

「何ですか？」

「ウチは、ほら、女ものも男ものも扱うカジュアルブランドだから、男の子も来てくれるのね。大学生とか、高校生とか。で、こないだ、シャツを買ってくれた男の子が、そのシャツを着てまた店に来てくれたの。しかも友だちを連れて。それでわたしに、なかのTシャツとのこのコーデどうですか？　って。もう、ムチャクチャうれしかった。何ていうか、沸いたもん。自分が売った服を誰かが着てくれるのはうれしいなって、あらためて思ったよ。バイト時代よりも強く思ったかな。ウチのブランドの服を着てくれてうれしいって気持ちも加わったから」

「それもわかります。今片岡さんにこうしてもらってる僕がうれしいのと同じですよ」

「いやぁ。今の郵便屋さんよりあのときのわたしのほうがずっとうれしかったと思うよ」

「今の僕だって、相当うれしいですよ。だって、カタログギフトふうの差し入れを頂いてるわけですから。ないですよ、こんなこと」

「でも相手がわたしだよ」

「片岡さんだからうれしいんですよ」

「ちょっと、やめてよ。そんな際どいこと言われたら、わたし、グッときちゃうじゃない」

「だいじょうぶですよ。僕がどんなに際どいことを言っても、ある程度以上はグッときませんから。それがわかったので、僕も、少しは際どいことを少しも際どいと思わずに言えます」

「よくわかんない。どういう意味？」

「片岡さんと輝伸さんは揺るがない、という意味です」

「うわぁ」と言って、片岡泉さんはアイスをさらにもうひと噛みする。「さすが殿堂《でんどう》入りポストマン。ほんと、何なの？　郵便屋さん」

「いや、だから郵便屋ですよ、ただの」

「ただのじゃないよ。やっぱり殿堂入りするだけのことはある」

去年、ここでそんなことを言われた。郵便屋さんはポストマンの殿堂入りだよ、と。

「僕は今もまだその殿堂に入ってるんですか？」

「入ってるよ。殿堂って、一回入ったら出られないんじゃないの？」

「知らないですけど」

「出さないよ、わたしが。ある意味、刑務所みたいなもん」

「刑務所は、出られますよ。刑期を終えたら」

「じゃあ、終身刑。終身殿堂。いや。死んだあとも入れておくから、永久。永久殿堂」

アイスはどんどん丸みを帯び、どんどん小さくなる。ここまでくれば、もうポキッと折れる心配はない。アイスなめきり。今でも履歴書の特技欄に書けるな、と思う。

「だからさ」と片岡泉さんが言う。「たとえテルちんと結婚したとしても、仕事は続けようと思ってるよ。去年空港でテルちんを迎えたときはそんなこと思ってなかったけど、最近思うようになった。そんなのわたしが勝手に言ってるだけで、テルちんはわたしと結婚したいと思わないかもしれないけど」

「輝伸さんのロンドンは二年の予定だと去年おっしゃってましたけど、それは変わらないんですか？」

「うん。今のところは。まあ、それもわかんないけどね。会社が決めることだから。あと二年よろしく、なんてあっさり言われちゃうかもしれないし」

「そうなったとしても、だいじょうぶじゃないですかね。うまくいきますよ」

「どうして？」

「だって、去年とちがいますよね？　片岡さん」

「そう？」

「はい」

「まあ、そうか。去年の今ごろはくたばってたもんね、わたし」

「今だから言いますけど、かなりくたばられてました」

「何、その敬語。あー、やっぱ郵便屋さんは郵便屋さんだわ。やっぱ、ちがうわ。ちょっと待ってて」

片岡泉さんはアイスの棒を口にくわえたまま立ち上がる。パタパタとサンダルの音を立てて、一〇三号室へ。そしてなかに入り、十秒ほどで出てくる。やはりアイスの棒をくわえたまま。緑茶のペットボトルを手にして。

ちょうどアイスをなめきったので、僕も立ち上がる。

「はい。これもどうぞ」と片岡泉さんがペットボトルを差しだす。

「いえ、それは」

「もらってよ。あとで飲んで」

「これだと、カタログギフトの意味が、なくないですか？」

「話してる途中で気づいたの。あ、どっちもあげればいいんだって。何で初めから気づかないんだろ。わたし、やっぱりバカなのかな」

「では、せっかくなので頂きます。ありがとうございます」とペットボトルを受けとる。

「ごみはもらうよ」

アイスの棒を袋に入れ、片岡泉さんに渡す。

「すいません。ごちそうさまでした」

炎天下は炎天下。でもアイスで少し持ち直した。ソーダ味。やはりうまい。

「わたしね、今日、新たに一つ発見したよ。郵便屋さんの長所」

「何ですか？」

「アイスを食べるのがうまい。噛まない。垂らさない」

「あ、それはうれしいです。昔から唯一、自分でも誇れる長所なので」

二十年前にも同じことを言われた。出口愛加ちゃんに。

「唯一じゃない」と片岡泉さんは笑顔で言う。「そんなのさ、郵便屋さんに千個はある長所の一つでしかないよ」

夏休み。それは、小中高大、どの学校にもある。

そもそもは、真夏は暑くて勉強などしてられませんよ、ということで定められたのだろう。であれば、真夏は暑くて配達などしてられませんよ、となってもおかしくないが、そうはならない。郵便配達をなしにするわけにはいかないから。

ともかく、学校は長い休みになる。で、長い休みになると、学生さんには時間ができる。で、時間ができた学生さんのなかには、ならばアルバイトでもしてみようか、と考える人も出てくる。で、さらにそのなかには、決して楽ではない郵便配達を選んでくれる人もいる。いてくださる。

五味奏《ごみそう》くん。十八歳。国立大学工学部の一年生。それがその、いてくださった人だ。冷房が効いた屋内でできる仕事はほかにたくさんあるのに、陽光と熱風になぶられる仕事を選んでくれた、ありがたい人。

ただし、大学が始まったら、週に二日しか入れない。それでも大いにたすかるからと、小松課長は採用を即決した。年賀期間の冬休みはフルに入ってくれることを期待しての判断だ。ナイス、課長。

五味くんはちょうどお盆の日からアルバイトに来てくれた。担当してもらうのは、新人さんでも配達しやすいみつば一区。僕のホームだ。

通区は当然平本だろ、と谷さんに言われ、わたしよりは平本くんでしょ、と美郷さんにも言われた。それを聞いた小松課長にも、じゃ、平本くん、頼む、と言われ、実際に僕がやることになった。

通区は全部で三日。その初日。

「よろしくお願いします」と五味くんに言われ、

「こちらこそよろしくお願いします」と返した。

五味くんは、普通自動車免許をとったばかりだった。大学に入り、五月の連休明けから教習所に通ったという。そしてそこを卒業し、運転免許センターでの試験にも合格、免許を手にした。それが八月の上旬。だからアルバイトも、夏休みに入ってすぐではなく、お盆前の応募となったのだ。

つまり、免許はとりたてのほやほや。郵便バイクどころか、原付バイクの運転経験もなし。配達のアルバイトがバイクデビュー。だいじょうぶかな、と思う一方で、すごいな、とも思う。

五味くんは、本人によれば、身長は百六十センチで体重は五十キロ。活発で屈強な学生、にはとても見えない。はっきり言ってしまえば、おとなしくて華奢な学生、にしか見えない。郵便物は積んでないバイクのシートに座っただけで早くもふらついている五味くんに言う。

「最初は、たぶん、大変。でも必ず慣れるから。ゆっくりやっていこうよ」

「はい」

「まずは安全だけを考えよう。人の安全と自分の安全ね。交通ルールを守ること。無理は絶対にしないこと。今日は僕についてくるだけ。配達はどんなふうにやるか見てて。本当にそれだけのつもりでいいから」

「はい」

「僕はその場で思いついたことをあれこれ言っちゃうかもしれないけど、適当に聞き流して。もちろん、五味くんが訊きたいことは何でも訊いてくれていいから」

「はい」

五味くんは、ただついてくるだけで苦戦した。アクセルで進み、ブレーキで停まる。それさえおぼつかなかった。初バイクだから無理もない。スクーターならどうにかなるが、初めてで郵便バイクは難しい。足ブレーキの感覚をつかむのに時間がかかるのだ。自転車にそんなものはなかったから。

細かな注意事項は省いたが、配達そのものについての留意点は伝えた。五味くんはそのすべてに、はい、と応じた。それ以上の言葉を発する余裕がなかった。と、そう見えたのだが。一緒にいるうちに少しずつわかってきた。五味くんは寡黙な人なのだと。もう少し言えば、極端に寡黙な人なのだと。

どう？　はい。やれそう？　はい。明日はたぶん筋肉痛だよ。はい。それにしても暑いね。はい。暑いのは平気？　はい。

はいのみ。いいえすら、まず言わない。去年いたアルバイトの荻野くんとは雲泥《うんでい》の差だ。いい具合に軽かった荻野くんは、自ら雑談を持ちかけてきたし、冗談も言った。五味くんにその気配はまったくない。口数は荻野くんの十分の一。いや、それ以下かもしれない。

お盆の週は、休みになる企業が多いため、郵便物は少なくなる。だから配達も順調に進んだ。一度涼しいところで休ませてあげたかったので、お昼は局に戻った。初日から炎天下の公園ランチはキツいだろうと思ったのだ。

普段は勤務終了後に休憩所として利用することが多いその場所を、今日は食堂として利用する。みつば局は集配局。二十四時間動いている。だから朝昼晩の食事どきには、そこでご飯を食べられるのだ。安いので、朝食をとる人も多い。

午後一時すぎ。食堂はまだ混んでいたが、空席は見つかった。たとえ満席でも、回転は速いからすぐに空く。

うどんやそばやカレーもあるが、ランチはＡＢ二種類しかない。和食と洋食、もしくは、肉と魚、だ。五味くんに言う。

「今日はおごるから」

はい、がすぐにはこないので、続ける。

「ランチでいい？」

「はい」

「Ａ？　Ｂ？」

さすがにここでは、はい以外がくる。

「Ａを」

「了解」

僕も同じにした。今日のＡランチはしょうが焼き定食だ。

四人掛けのテーブル席に向かい合わせで座る。隣は内務の人たち。顔は知っているので、おつかれさまです、と言い合う。

「いただきます」と小声で言って、食べはじめる。

「いただきます」と五味くんも続く。で、もう一度言う。「いただきます」

ん？　と思って見る。二度めは僕に言ったのだと気づく。おごってくれてありがとうございます、の意味のいただきますだ。

「あぁ。どうぞ」とあわてて返す。

二人、しばらくは黙々と食べる。食べるときは食べることに集中する。悪いことではない。でも二人で食べてるのに最後まで黙々はないよなぁ、と思い、話しかける。

「初バイクはどう？」

「難しいです」

「だよね。僕もさ、三日めあたりで転んだよ。郵便物を積むと重いから」

「重そうです」

返事は一言。でも応えてはくれる。

「そういえばさ、免許はどこでとったの？」

「四葉自教です」

「あ、ほんとに？」

「はい」

「あそこは配達もしてるからさ、教官さんを一人知ってるよ。益子《ますこ》さん。益子豊士《とよし》さん」

去年、宛先がはっきりしないハガキをどうにか益子さんに届けたことで、知り合いになった。その後、益子さんが四葉のバー『ソーアン』の常連さんであることも判明した。

「乗ったことあります」

「あ、そう」

「おもしろい人です」

「そうだよね」

「ロックが好きみたいで」

「そうそう」

「教え方もうまいです」

「へぇ。まあ、そんな感じはするな」

益子さんと五味くんと僕。縁は不思議だ。どこでどうつながるかわからない。

「あれ、でも五味くんは、蜜葉に住んでるわけじゃないよね」

「はい」

「なのに、四葉自教?」

「送迎バスが大学まで来てくれたので」

「あぁ。なるほど。結構遠くまで行くんだね、バス」

「大学だから、だと思います」

「そっか。免許をとる人は多いもんね」

「はい」

「学部、工学部だよね？」

「はい」

「理系の人ってさ、もうそれだけで尊敬しちゃうよ。僕はそっちの科目は全然だったから。といって、英語なんかも、やっぱりダメなんだけど」

「ぼくも英語はダメです」

「でもパソコンなんかはくわしいでしょ？」

「それは、はい。授業でつかうことも多いので。でもそのせいで、目が悪くなりました」

「じゃあ、コンタクト？」

「はい。これまではずっとメガネだったんですけど、コンタクトに替えました。このアルバイトをするから」

「え？　そのために替えたの？」

「はい。バイクでメガネは大変かと思って」

「それで配達してる人もいるけど」

「初心者のぼくはやりづらいかと。不安要素は、なるべく減らしたかったので」

「そうかぁ。何か申し訳ない。ありがとね」

本当にありがたい。アルバイトでお金を稼ぐために、コンタクトにお金をつかってくれたわけだ。そんな人はなかなかいない。ぜひ続けてほしい。配達は大変だが、いやにならないでほしい。

二人、ほぼ同時にしょうが焼き定食を食べ終えた。五味くんのお皿やお椀はきれい。千切りキャベツの一本も、白米の一粒も残ってない。まあ、それは僕も同じ。

「じゃあ、行こうか」

「はい。ごちそうさまでした」

「いえいえ」言わないと収まりが悪いので、僕も小声で言う。「ごちそうさまでした」

その後、ほかの休憩所で五味くんに缶の緑茶もおごり、通区を再開した。

午後二時のみつばも暑かった。冷房でほどよく冷やされた体も、ものの五分で汗まみれになる。

ただ、こうも暑いと、五味くん同様夏休みであるはずの子どもたちもそんなには外に出てこない。その意味では気が楽だ。と、そうは言っても、注意は怠れない。そこだけは五味くんに何度も言う。

「子どもは、歩きでも自転車でも道路の左右なんて意識しないから、気をつけてね。わき道だけじゃなく、角からも家からも飛び出してくることがあるからさ」

「はい」

「四葉自教でも習ったと思うけど、事故になった場合、完全に停まってるのでない限り、悪いのはやっぱり乗りもののほうだから」

「はい」

「何度も言って悪いけど、本当に、安全だけは注意ね」

「はい」

そして余裕をもって配達コースをまわり、ほぼ定時に局に戻った。バイクを洗い、局舎に入る。転送や還付の仕組みと処理の仕方を教え、通区の初日を終えた。

「今日はこれで終了。おつかれさま」

「おつかれさまです」

そこへ、五区をまわっていた谷さんがやってきた。

続いて、四葉をまわっていた美郷さんもやってくる。

「おつかれさまです」と僕。

「うい〜っす」と谷さん。

「おつかれ」と美郷さん。

五味くんは、二人にぺこりと頭を下げる。

「おぅ、新人」と谷さんが言う。「平本はどうだった?」

「はい」

「はい、何?」

「すごかったです」

「いやいや」と僕は言う。「すごいも何もない。ただの通区だよ」

「そうなんだよ」と谷さん。「平本はすげえんだよ。配達は大したことねえけど、通区は神。神通区。下手すると、県で一番とかじゃねえか? 通区ランキングとかつくったら、平本はマジで一番になるかもな」

「何を基準につくるのよ」と美郷さん。

「それは、通区された側からの評価だろ」

「だとしたら」と僕。「通区を何度もやる人が有利になりませんか?」

「そんなことないだろ。例えばおれが何度やったところで、マイナス評価が多く集まるだけ。一度も通区しないやつより順位は下だよ」

「自覚があるとこがこわいよね」と美郷さん。

「確かに」と僕。

「で、どうだ？　新人。平本はプラス評価だろ？」

そう言われたら、五味くんはこう言うしかない。言い慣れたこれだ。

「はい」

「A評価どころか、特Aだよな？」

「はい」

「神様がついてんだから、まあ、お前もがんばれよ」

「はい」

その最後のはいは、少しだけ力がこもったように聞こえる。

平本がどうのという谷さんの戯《ざ》れ言《ごと》への返事は適当でいい。流していい。でも最後のはいだけは、本物であってほしい。


三日間の通区を終えた五味くんは、四日めからはもう一人で配達に出た。

幸い、雨は降らなかった。ゲリラ豪雨もなし。新人さんに雨。それはほぼ拷問なのだ。

確かな絶望感を味わいたければ、配達のアルバイトの初日に雨に降られてみるといい。出発して五分で、終わるわけない、と思うはずだ。それが冬の雨なら、まさに特Aクラスの絶望感が味わえる。

　五味くんは、みつば一区をまわりきることができなかった。配達の仕事は初めてで、バイクに乗るのも初めて。当然だ。転ばないようにするだけで精一杯なのに、そこへ配達が加わる。通区の三日で道順は覚えられない。個々の家まではとうてい覚えられない。なのに、まちがえられない。一軒ごとに地図を見て確認したくなるのだ。このお宅は佐《さ》藤《とう》さんだよな、合ってるよな、と。それで配達が進むわけがない。終わるわけがない。

　アルバイトをする前から原付バイクには乗ったことがあった荻野くんでさえ、初日にまわれたのは全体の半分弱。五味くんは三分の一だった。

　でもそれを悪いこととは思わない。五味くんが慎重に配達してくれる人であることはわかったからだ。バイクの運転も配達もそう。ミスをおそれる人のほうが頼りになる。おそれ過ぎてもいけないのだということは、やっていくうちに学べばいい。

　五味くんがつまずくのは想定内だったので、すぐに応援にまわれるよう、僕は隣のみつば二区に入っていた。無理だと思ったら電話して、と言っておいたが、無理だとは言いづらいだろうと思い、お昼すぎに自分から電話をかけた。

「無理かな？」

「はい」

「じゃ、応援に行くよ」

「すいません」

「いや。初めてでいきなりできる人なんていないから。じゃあ、公園で待ってて。昨日休憩したとこ。みつば第二公園」

「はい」

十分後にそこで落ち合い、残り時間から計算してこのくらいならいけるだろうという分を五味くんに持ってもらい、あとは引き受けた。全体の三分の二だからかなりの量になるが、そこは僕のがんばり次第。お盆休みが明けたばかりでまだ企業からの差出分は少ないから、どうにかなる。

とはいえ、五味くんにも言ったように、安全には注意。急げ。でも慎重に。こんなときこそ慎重に。そう自分に言い聞かせて、ダッシュ。

で、最後の最後というところで、おかしな一束が出てきた。配達コースどおりではない一束だ。五味くんから郵便物を受けとる際に紛れこんだらしい。

飛ばしてしまったそのブロックに、慎重ダッシュで戻る。そしてスパスパと配達。

その途中で、声をかけられた。白丸クリーニングみつば店の小田育次さんからだ。

自宅とお店、それぞれの郵便受けに郵便物を入れた。さすがに今日は自販機で缶コーヒーは買えないなぁ、と思いつつ次に行こうとしたときに、店の引戸が開いた。

「郵便屋さん」

「どうも。こんにちは」

「今日はいつもより遅いね」

「すいません」

郵便受けに入れたものを素早く取りだして、小田さんに渡す。

「郵便物はないのかと思ってたんだけど。そしたらバイクの音が聞こえて、姿が見えたから。よかった。会えて」

「何かご用でした?」

「うん」

店を閉める日が決まったのだと思った。二ヵ月ぐらい先だと言っていたが、早めたのかもしれない。

「あのさ、こないだ言ったのとは正反対になっちゃうんだけど。郵便物は全部、こっちに入れてもらってもいいかな」

「お店の郵便受けに、ですか？」

「そう。店宛だけじゃなく、小田育次宛で来たものも、全部」

「いいんですか？」

「うん。そうして」

「それは、いつから」

「もう明日からでもいいよ」

「そうですか。ではそうさせていただきます」と言いはしたものの、さすがに気になり、訊いてしまう。「あの、お店は続けられるということですか？」

「いや、そういうことじゃない。いずれ閉めるよ。十月か、十一月か。こないだ郵便屋さんと話してから、考えたのよ。店を閉めたあと、この建物はどうしようかなって。それまではさ、当たり前に壊す気でいたんだよね。残しておいたところで、再開することはないから。でも、何かいろいろ思いだしちゃってさ。壊すのも忍びなくなっちゃって」

「あぁ」

「ほら、よく、閉めた店をそのままにしてるお宅があるじゃない。ああいうのはいやだったの。何か店にしがみついてるみたいで。ただ、いざ自分が店を閉める立場になってみると、あれこれ思いだしちゃうのよ。何十年もやってきたんだよなぁ、とか、この店のおかげで苗を大学にやれたんだよなぁ、とか。ずっと、家内と二人でやってきたんだよね。もう亡くなっちゃったけど」

知っている。小田牧代《まきよ》さんだ。会ったこともある。いつも小田さんと同じ白いエプロンを着けていた。明るくはきはきとしゃべる人だった。初めて書留を配達したとき、春行にそっくり！　と驚かれた。三年くらい前まではこのお店にいた。今は配達原簿にその名前はない。

「家内が亡くなったあとは、僕がインフルエンザにかかったときなんかに、苗が板橋から戻って店番をしてくれたりしてさ。まあ、店番は、嫁ぐ前、高校生のころからしてくれてたんだけど。とにかく、店をやめると決めてからのほうが、むしろそういうことを思いだすようになっちゃってさ。それで、ほら、こないだ郵便屋さんにもらった封書。苗の高校の同窓会のあれね。あの件で苗に電話して、ついでに店のことを話したの。もう閉めるからって」

「まだお伝えしてなかったんですか」

「うん。そのためにわざわざ電話する気にもなれなくてね。だからその意味では、あの封書がいいきっかけになったよ」

「だったら、よかったです」

「その電話で、店は残しておけばいいんじゃないかって苗が言ってくれたんだよね。壊すにしてもすぐじゃなくていいって。そうだよなぁ、と思った。店を閉めて郵便物も自宅に入れてもらうようになったら、この建物は本当に用なしになっちゃうなぁ、とも思ったよ。だから、そうはならないようにする。もう店ではなくなるけど、この建物が何かの役に立ってると思いたいんだね。大きい郵便受けぐらいにはなってるってさ」

「あぁ。それでですか」

「そう。この建物全体が小田家の郵便受け。と、そう考えることにしたわけ。だから必要なんだ、だから残しておくんだって。店に郵便受けが掛かってるんじゃなくて、郵便受けの後ろに店がくっついてるっていう理屈だね。自分でも笑っちゃうけどさ。バカげてて」

そう言って、小田さんは本当に笑う。

「そうしていただけると、僕らもたすかりますよ」

「ん？　どうして？」

「こちらの郵便受けのほうが、ご自宅のより丈夫で、大きいですよね？」

「そう、だね」

「大きいサイズの封筒なんかがすっぽり入る郵便受けって、僕ら郵便屋にしてみれば、とてもありがたいんですよ。ふんわりと二つ折りにする必要もないですし、はみ出して雨に濡れる心配もないので」

「そう言ってもらえると、こっちもうれしいね。大きい郵便受けとして役に立ってると、そんなふうに思える」

「建物込みで考えれば、巨大、ですけどね」

「うん。この郵便受けを自宅のほうに移せばいいいんじゃないの？　っていうのは、言いっこなしね」

「はい。言いません」そして僕は言う。「郵便物はすべてこちらの郵便受けに、とほかの配達員にも伝えておきますよ」

「じゃあ、家の郵便受けは外しておくよ。そのほうが、混乱しないでしょ？」

「そうですね。それは、たすかります」

「ハンコが必要なときだけ、家に来て」

「はい。そうさせていただきます。では明日からということで」

「お願いします。ごめんね。また呼び止めちゃって」

「いえ。失礼します」

バイクに乗り、白丸クリーニングみつば店をあとにする。

予想外のタイムロス。でも、何かうれしいタイムロスだ。

五味くんの応援に来てよかった。このブロックの一束が僕の持ち分に紛れこんでいてよかった。やってきたのが五味くんやほかの配達員なら、小田さんも、亡くした奥さんのことや娘さんのことまでは話してくれなかっただろう。すでに前段を話した僕にだからこそ、話してくれたのだ。

残りは数軒。配達をしながら、笑う。考えるだけで、ついつい笑みがこぼれる。

一見、よくあるステンレスの郵便受け。一戸建てのお宅や会社がつかうことが多い、ごく普通のそれ。実は、建物付き。たぶん、みつば最大の郵便受け。

でも、まったく問題ない。

大は小を兼ねる。

巨大も小を兼ねる。

おしまいのハガキ

水曜日と土曜日以外はたいていみつば一区に入る。僕が休みの日は美郷さんが入る。水曜日と土曜日は五味くんだ。週二の勤務とはいえ、五味くんは一度も休まない。大学の授業でどうしても、みたいなことがあったら休んでいいよ、と言ってはいるが、例によって、はい、と返すだけ。休まない。ありがたい。

時間はかかったものの、五味くんはどうにか一人立ちしてくれた。秋雨前線には大いに泣かされたはずだが、泣き言は言わなかった。去年いた荻野くんは結構言った。まあ、軽い調子で、ほんとに泣きながら配達しましたよ、と言う程度だが。五味くんはまったく言わない。基本的に、はい、しか言わないわけだから、言いようもない。

ということで、今日も僕はみつば一区を配達。

十月の第二週。湿気がほどよく抜けてすっかり過ごしやすくなったみつばの町を快調に走る。そして蜜みつばに差しかかる。ハニーデューみつばだ。

出口愛加さんが転入して早半年。さすがにもう意識することはなくなった。一度書留を配達してからは、顔を合わせる機会もない。あのとき、出口愛加さんは僕に気づかなかった。ならそのままでいい。自ら声をかけたりはしない。

と思っていたのだが。

ハニーデューみつば二〇一号室のドアポストに封書を入れ、通路を小走りに戻って階段を下りかけたそのとき。背後でドアが開く音がして、声をかけられた。

「郵便屋さん、あの」

立ち止まり、振り返る。

「はい」

二〇五号室から出口愛加さんがサンダル履きで出てくる。

「ちょっとお訊きしたいんですけど」

「何でしょう」

「年賀ハガキって、いつから買えますか?」

「えーと、十一月一日ですね。確か金曜だったと思います」

「コンビニでも買えますよね?」

「そうですね。ほとんどのお店で」

「それで、差し出せるのは、いつからでしたっけ」

「十二月十五日からですね。二十五日までにお出しいただければ、一月一日にお届けできますよ」

「二十五日を過ぎちゃうと、一月一日には届かないんですか？」

「いえ、そういうことでもなくて。実際にはかなり遅めでも間に合ったりします。ただ、二十五日までにお出しいただければ確実に一月一日にお届けできますよ、ということで」

「そうですか。二十五日。覚えておきます」

「逆に早く出しすぎてしまうと、通常の郵便物と交ざって配達されかねないので、そちらもお気をつけください」

「わかりました。といっても、そんなに早く準備はできないですけど。出すのが二、三通だとしても、毎年書くのは年末ぎりぎりだし。あと、そうだ、ついでにこれも」

「はい」

「でもこれは郵便屋さんに訊くことじゃないのかな。あの、喪中ハガキってありますよね？　家人が亡くなったので年賀状は出せませんって伝えるあれ」

「はい。年賀欠礼」

「それは、いつごろ出せばいいものですか？」

「えーと、十一月半ばから十二月上旬まで、ですかね。受取人さんの年賀状の準備を考えて、早めにということで」

「そうか。それを年末にもらったら困りますもんね」

「そうですね。それこそ十二月十五日にもう年賀状を出してしまってるかもしれないですし」

「すごい。さすが郵便屋さん。やっぱり知ってるんですね」

「たまたまです。いえ、たまたまっていうのも何ですけど」

出口愛加さんが僕を見る。

僕も、別れ際の会釈のつもりで出口愛加さんを見る。

「あの」と出口愛加さんが言う。

「はい?」

「平本さんですよね? 平本秋宏さん」

「えーと、はい」

「やっぱり。絶対そうだと思ってた。わたしのこと、わかります?」

「えーと、まあ」

「誰?」

「出口愛加さん、ですよね？」

「そう。郵便屋さんだから、名前ぐらいわかるか。じゃあ、わたしたちが昔同じクラスだったことは？　昔。二十年ぐらい前」

「えーと、わかります」

「てことは、もしかしてわかってたの？」

「はい」

「じゃあ、言ってよ。わたし、気づかれてないのかと思った」

「気づいちゃいけないかと思いまして」

「何で？」

「僕は郵便屋だから出口さんのお名前とご住所を知ってしまったわけで。それで声をかけられたりしたら、おいやかと」

「でも一度顔を合わせてわたしだと気づいたわけでしょ？」

「はい」

「じゃあ、かけてよ。平本くんならいやじゃないよ」

「それなら、よかったです」

「ほんと、久しぶりだね」

「そうですね」

「平本くんが転校して以来。あれ、小三？」

「から小四になるとき、ですね」

「じゃあ、十歳になる年ってことだから、正確には十九年前だ」

「はい」

「ねぇ」

「はい？」

「こうなったら、もう敬語じゃなくてよくない？」

「あぁ。そう」少し迷って、言う。「だね」

「平本くん、郵便局員になったんだ。この辺りの配達をしてるってことは、みつば郵便局？」

「そう」

「いつから？」

「五年半前、かな」

「じゃあ、長いんだ。わたしは今年の四月から。知ってるか」

「うん」

「すごいね。こんなふうに会うなんて」

「すごいけど。よく考えれば、そんなにすごくはないのかな」

「どうして？」

「僕らは一人でかなり広い範囲を担当するし、そこに誰かが転居してくれれば、そのお宅にも必ず配達するからさ。書留で印鑑をもらうとか、郵便受けに入らなくて手渡しするとか、そんなときは顔も合わせるよね」

「そうかぁ。そう言われてみれば、そうだね」

「といっても、出口さんがみつばに引っ越してきたのは偶然だけどね。僕が配達してると知ってて来たわけじゃないから」

「じゃあ、偶然ぽい必然てことだ」

「偶然の結果の必然てことかな」

「わたしは今、洋菓子屋の店員。つくるんじゃなくて、売るほう。そこで働くようになったから、ここに住むことにしたの。で、土日は休みじゃないから、今日が休み。部屋でぼんやりしてたら、バイクの音が聞こえてきて、階段を駆け上る音も聞こえてきて。もしやと思って出てみたら、平本くんだった。それで、あの質問」

「ちょうどよかったよ。ここの配達が僕じゃない日もあるから」

「前から訊こうとは思ってたの。でも正直に言っちゃうと、平本くんだから訊こうと思ったって感じかな。こうやって、おしゃべりするために。本気で知りたかったら、ネットで調べればいいいんだもんね」

「まあ、そうだね」

「わたしは平本くんに気づいてるのに何も言わないのはいやだなと思って。それで声をかけちゃった。迷惑だった？」

「いや、まさか。うれしいよ。僕も、知らんぷりしてるみたいで、何か落ちつかなかったから」

「これも前から思ってたんだけど。平本くん、春行に似てるよね」

「うん。弟だからね」

「え？　そうなの？」

「そう。知らなかった？」

「知らなかった。テレビで初めて春行を見たときにね、平本くんに似てるなぁって思ったの。だから平本くんのことを何となく意識してたのかも。だって、ほら、春行はテレビでよく見るから。ほんとに弟なんだ？」

「うん」

「じゃあ、あのころから春行と暮らしてたってことだ」

「そうだね」

「あ、ごめんね。仕事中なのに引き止めちゃって」

「いや、いいよ。話せてよかった」

じゃあ、これで。と続けようとしたところで、出口愛加さん、というか出口愛加ちゃんが言う。

「わたしのこと、何か聞いてる？　例えば結婚したこととか、離婚したこととか」

「あぁ」そこは正直に言う。「何年か前にセトッチに聞いたよ」

「セトッチ。瀬戸くんだ。えーと、瀬戸達久《たつひさ》くん。懐かしい。今も連絡をとってるんだ？」

「うん。セトッチだけは、僕が転校してからも手紙をくれてさ。今もたまに会うよ」

セトッチが去年結婚したことまでは言わない。それはセトッチの個人情報だから、ではなく、離婚した出口愛加ちゃんに言うことでもないと思ったから。

「結婚してたときは2LDKのマンションだったのに、離婚してワンルームになっちゃった。でもわたし、結婚が早かったから、ワンルームには住んだことないの。だから結構楽しい。自分だけのお城みたいで。小さいお城だけどね」

小さいお城に巨大な郵便受け。みつばにはいろいろある。

「って、また引き止めちゃった。ごめん」

「いや。じゃあ、行くよ」

「うん。配達、おつかれさまです」

「また何かわからないことがあったら訊いて。郵便のことなら答えられるから」

ハニーデューの階段を駆け下りる。出口愛加ちゃんは二階の通路に立ってそれを見ている。見送り、手を振ってくれる。僕はもう一度頭を下げ、アクセルをまわして走りだす。

出口愛加ちゃんから話しかけてくれた。ベストだな、と思う。と同時に、少し違和感も覚える。受取人さんとタメ口で話すことに慣れてないからだろう。

この日、配達を終えたのは午後四時前。局に戻ると、区分棚のところで美郷さんと山浦さんが何やら顔を寄せ合っていた。

「ちょっと、何、このかわいさ」と美郷さん。「ほんとに山浦さんの子?」

「失礼な」と山浦さん。「でもほんとかと言われると、確証はないな。よく考えたらさ、たいていの父親はそんな確証を持ってないよね?」

また小波ちゃんの写真を見ているらしい。たぶん、新作。山浦さんは毎日小波ちゃんを撮るから、毎日新作が生まれるのだ。

そしてある程度それがたまったら、こうして美郷さんに見せる。時には僕、それから谷さんにまで見せる。僕はたいていほめるが、谷さんは点数をつける。五十五点とか、七十点とか。八十点を超えることは少ない。でも八十点を超えたときの小波ちゃんは、本当にかわいい。

「あ、平本くん、おつかれ」と山浦さんが言う。

「おつかれさまです」と返す。

「小波ちゃん、泣いた顔もかわいいよ」と美郷さん。

「泣いた顔も撮るんですか?」と僕。

「そりゃ撮るでしょ」と山浦さん。

まあ、撮るのだろう。自分が子どものころにまだケータイが普及してなくてよかった。気軽にあれこれ撮られていたら、恥ずかしいことこの上ない。

「そういえば、山浦さん、二人めは?」と美郷さんがすんなり言う。

「二人めかぁ」と山浦さんもすんなり言う。「ほしいことはほしいんだよね。小波が今二歳。歳が離れるのも何だから、今といえば今なんだよなぁ」

「弟なんかできちゃったら、たまんないですね」とこれも美郷さん。「もう撮りまくりですよ、写真。局で個展とか開けそう」

「開きたいけどねぇ。個展」

「奥さんはどうなんですか？　ひかりさん」

「ほしいって言ってるよ。下ができたら小波も喜ぶからって」

「小波お姉ちゃん。いい写真になりそう」

「でもマンション買っちゃったしなぁ」

「お子さん二人だと狭いんですか？」と尋ねてみる。

「いや、そんなことはないかな。二人できてもいいようにってことで、３ＬＤＫにしたから」

「何だ。想定してるんじゃないですか」と美郷さん。

「でも二人めはとても無理だなぁ」山浦さんはすでに何十度も見てるであろう小波ちゃんの写真を見ながら言う。「というか、無理しなきゃ無理だなぁ」


あ、西洋人！　と思う。外国人！　ではなく、西洋人！　東洋ではない。西洋。

白人。髪は栗色。女子。みつば南中のジャージを着ている。制服ではない。ジャージ。

留学生？　って、中学にもいる？

「こんにちは」と流暢《りゅうちょう》な日本語で言われる。

「どうも。こんにちは」

「寺田《てらだ》ありすさん」と言うのは美郷さん。「わたしが同行する」

同行。一緒に配達に出る、ということだ。これから三日間、その寺田ありすさんに配達を見てもらう。経験してもらう。

そう。職場体験学習。中学生に職場を体験させるというものだ。普通は二年生が対象。みつば局は、四葉中学とみつば北中学とみつば南中学の三校を受け入れている。前の二校は五月で、みつば南中が十一月。男子は配達業務を体験、女子は区分業務や窓口業務を体験、となることが多い。現みつば高生の宮島大地くんも二年生のときに来た。

聞けば、寺田ありすさんは自ら配達を希望したらしい。で、みつば局には、幸い、女性配達員の美郷さんがいる。ということで、その美郷さんが同行することになったのだ。担当するのは、やはり配達がしやすいみつば一区。なのでこれから三日間は、僕が四葉を持つ。

埋立地のみつばに対して、高台に位置する四葉。国道をまたぐ陸橋を上り、そちらへと向かう。

十一月。バイクで走ると、もう寒い。すでに防寒着は欠かせない。この先五ヵ月はそれが続く。蜜葉市でそうなのだから、雪が降るような地域は大変だよなぁ、と思う。毎年この時期になると必ず思う。

午前中、四葉クローバーライフへの配達の際、久しぶりに安井《やすい》友好《ともよし》さんと話をした。四葉クローバーライフは葬儀社。安井さんはそこの社員だ。四十歳ぐらい。みつばにあるマンション、ベイサイドコートに住んでいる。

四葉クローバーライフは、白丸クリーニングみつば店と同じようにステンレスの郵便受けを外壁に掛けてくれているから、事務所に入る必要はない。でも郵便物を入れたときに、ちょうど駐車場にあった車から安井さんが降りてきたので、あいさつした。

「こんにちは」

「どうも」

「今日の分、入れておきますね」

「よろしく」

配達はそれで完了だが、ふと思いつき、言ってみる。

「あ、そうだ。安井さん、ちょっとお訊きしたいんですけど」

「ん、何？」

「年賀欠礼ってありますよね？　喪中ハガキ」

「うん」

「あれって、いつごろお出しすればいいんですか？」

「一般的には、十一月中旬から十二月初旬、かな」

「初旬。十日ごろまで、ということですか」

「そうだね。ちょっとズレるくらいはかまわないと思うけど。局さんが年賀状を受けつけるのが十五日でしょ？　だからその前には必ず知らせるってことでいいんじゃないかな。印刷なんかの準備に早くとりかかる人もいるだろうし。特に会社さんとかね」

「あぁ、そうですね。わかりました。ありがとうございます」

「何、どなたか亡くなったの？」

「いえ。知り合いのかたにちょっと訊かれたもので」

「そっか」安井さんは笑み混じりに言う。「ほんとはこんなこと言っちゃいけないけど。四葉には当社がありますので、何かございましたら、そのときはごひいきに」

「はい。もし配達の途中でどなたかに訊かれたら、言っておきます。四葉にクローバーライフという葬儀屋さんがありますよと」

「ありがとう。お願いします」

「では失礼します」

「ご苦労さま」

四葉クローバーライフを出て、次の配達先へ。

よかった。出口愛加ちゃんには、十一月半ばから十二月上旬まで、と伝えた。十一月中旬から十二月初旬、ならまちがいではないだろう。初旬と上旬は、まあ、同じだし、中旬と半ばも、まあ、許容範囲。

で、この日、最初の書留は四葉小だった。いつものように校門から入り、玄関のわきにバイクを駐めて、ヘルメットをとる。別にとらなくてもいいのだが、受取人さんと話すことがあらかじめわかっている場合は、やはりとってしまう。

校庭側、職員室へと走っていく。体育の授業をしている児童たちに春行似を気づかれないよう、顔は校舎に向ける。

職員室の前へたどり着くと、窓ガラスを指の関節でコンコンと叩く。近くにいた鳥越《とりごえ》幸子《さちこ》先生がすぐにその窓を開けてくれる。

「こんにちは。今日は書留がありますので、ご印鑑をお願いします」

「郵便屋さん。何か久しぶりですね」

「はい。でも明日とあさっては来ます」

「じゃあ、どうぞ」

「はい?」

「久しぶりに、お茶」

「あ、いえいえ、それは」

「わたしのお父さんがまた大量に送ってきたんですよ、梅こぶ茶。それを減らすためにも、ぜひ。わたしもちょうど空きなので」

そう言われると、弱い。梅こぶ茶。おいしいのだ。去年もここで頂いた。

「では、すいません」

掃き出し窓からなかに上がる。くつを脱ぎ、向きをそろえる。そうしながら、それとなく、くつ下をチェック。穴はない。セーフ。真冬になれば二枚履いたりもするのだが、今はまだ一枚。でもセーフ。

出してもらったスリッパを履く。隅にある応接セットのイスに座る。何度か経験しているので、鳥越先生の誘導を待たず、自ら動いてしまいそうになる。注意。

「今日はこれでお願いします」

そう言って、鳥越先生は印鑑をテーブルに置き、梅こぶ茶を入れにいく。

僕は書留を渡すための手続きにかかる。印鑑を捺して配達証をはがし、端末に入力。

印鑑はいつもの鳥越印ではない。青野《あおの》印。

鳥越先生が戻ってきて、今度は二つの湯呑をテーブルに置く。そして自身、僕の向かいに座る。

「どうぞ」

「ありがとうございます。いただきます」

印鑑と書留とほかの郵便物を渡し、梅こぶ茶を一口頂く。安定の梅。素直にこう言える。

「おいしいです」

「郵便屋さんがそう言ってくれたって去年の暑中見舞に書いたら、お父さん、喜んでました」

「そうですか。何か、すいません」

「いえいえ。で、そう、今日はお出しする郵便物はないです。さっき教頭先生が、出かけるついでに持っていってくれたので。あと、印鑑、わかりました？　青野」

「ほかの先生のご印鑑、ですか」

「ほかの先生のでもあり、わたしのでもある。結婚したんですよ、わたし。青野はわたしの新しい名字」

「あぁ。おめでとうございます」

「ありがとうございます」

「ということは、えーと、お相手は」

「先生。ここの」

「そうなんですね」

「名字、変えたんですよ。子どもたちはわたしが青野先生と結婚したことを知ってるから、そうしたほうがいいかと思って。あえて変えないという選択肢もあったんですけど」

職場で旧姓を使用しないほうを選んだわけだ。セトッチの奥さん、末佳さんとはちがって。

それから少しお相手の話を聞いた。

青野祥輔《しょうすけ》先生。旧姓鳥越先生より一つ下の二十九歳。アルバイトの五味くんが今通っているのと同じ国立大学の出身。学部は教養学部。初めから小学校の先生になるつもりでそこに進んだという。

ちょうど話が終わったとき、僕らのもとへスーツ姿の男性がやってきた。五十代ぐらい。がっちりした体格の人だ。旧姓鳥越、現姓青野先生が言う。

「あ、校長先生」

校長先生！　さすがにあわててしまう。職員室というだけでも緊張しているのに、そのうえ校長先生はマズい。

校長先生は青野先生の隣に座り、言う。

「郵便屋さん、こんにちは」

「こんにちは。お邪魔してます。すいません、お茶まで頂いてしまって」

「いやいや。いつも配達ご苦労さまです。たすかってます」

「いえ、こちらこそ、いつも郵便のご利用、ありがとうございます」

「校長先生、お茶入れます？」と青野先生。

「いや、僕は結構。すぐ行くから」

顔を合わせるのは初めてだが、名前は知っている。橋浦岳彦《はしうらたけひこ》校長だ。その名宛の郵便物は多いので、覚えてしまった。ちなみに、今日の郵便物をポストに持っていってくれた教頭先生は辻川滝夫《つじかわたきお》さん。こちらもいつの間にか覚えていた。

「君が、春行さんの」と橋浦校長が言う。

「あぁ。はい」

「本当に似てるね」

「よく言われます」

「そのころまだ僕はここにいなかったけど、話は聞いてますよ。一度、子どもたちが気づいて、騒ぎになったんだって？」

「はい。まあ、騒ぎというほどではないんですが。昼休みに校庭で遊んでたお子さんたちに気づかれてしまいまして。でも先生がたにうまく収めていただきました」

「確かに似てるもんなぁ。青野先生がお茶を出したくなるのもわかるよ」

「いやだ、校長先生。わたし、郵便屋さんが春行さんに似てるからお茶をお出ししてるわけじゃありませんよ」

「そうか。それは失敬」

「で、そうそう」と青野先生。「今の郵便屋さんのお話。騒ぎを収めにかかったのが、たぶん、青野ですよ。あとで本人が言ってました。似てたけど、まさか本当に弟さんだとは思わなかったって」

「そのときのことは、僕も覚えてます。ジャージを着た男の先生。確かに、僕と同い歳ぐらいでした。あのかたが、青野先生なんですね」

「おそらく」

そしてこちらの青野先生が、橋浦校長にこんなことを尋ねる。

「校長先生。青野はやっぱり異動になるんですか？　来年の四月で」

「はっきりしたことは言えないけど、慣例上、そうなるだろうね」

「そう、ですよね。住む家のことなんかもあるから、できれば早く知っておきたいと思って。でも今じゃまだ早すぎですね」

「わかり次第、お伝えはしますよ」

「お願いします」

「さて。じゃあ、僕はもう行くかな」と橋浦校長が立ち上がる。「郵便屋さんはごゆっくり」

「僕ももう行きます」急いで梅こぶ茶を飲み、同じく立ち上がる。そしてこれまた立ち上がった青野先生に言う。「ごちそうさまでした。おいしかったです。あまりにもおいしいので、実は僕も梅こぶ茶を買うようになってます」

「あ、うれしい。それもお父さんに報告しておきます。喜んで、より大量に送ってくると思います」

「でしたら、報告はなさらなくても」

「いえ、します。喜ばせます」

「これからも配達をよろしくお願いしますよ」と橋浦校長。

「こちらこそ、よろしくお願いします」と僕。

「これからは青野ということで、わたしもよろしくお願いします」と青野先生。

「お願いします。では失礼します」

微妙な組み合わせの三者会談を終え、僕は職員室をあとにする。

自分のくつに履き替え、言ったそばから騒ぎは起こせないと、校庭のわきをダッシュ。無事バイクのもとへ戻る。ヘルメットをかぶり、エンジンをかけて、発進。

その後、昼食休憩は神社でとったが、午後の休憩はなしにした。四葉小での梅こぶ茶休憩をそれとカウントしたのだ。

そして配達を続け、最後に僕は篠原《しのはら》さん宅へ向かった。今は山村《やまむら》さんとの二世帯になっている、篠原ふささん宅だ。

夏はそこだけひんやりと涼しい百メートルほどの林道を走る。舗装はされていないが、みつば高危険ゾーンとはちがって砂利道なので、雨が降ってもそんなにはあぶなくない。

バイクに乗ったまま広い庭に入っていくと、一人の少年がいた。中学生ぐらいというか、たぶん、中学一年生。たぶん、篠原あらため山村海斗《かいと》くん。一人でボールリフティングをしている。サッカー選手が足や頭でポンポンやるあれだ。

納屋の木の柱に掛けてある郵便受けのところまで行き、バイクを停める。

「こんにちは」と海斗くんに声をかける。

地面に落としたサッカーボールを足の裏で止めてから、海斗くんは軽く頭を下げる。それでは足りないと思ったか、口も開く。

「こんにちは」

「郵便物、入れちゃっていい？」

「あ、じゃあ」と言って、海斗くんが駆け寄ってくる。ボールをドリブルしてくる。

バイクに乗ったまま、僕は海斗くんに今日の郵便物、ハガキと封書を渡す。

「おばあちゃんによろしくね。じゃあ」

バイクをUターンさせ、会釈をして、去ろうとする。が、海斗くんに言われる。

「あの」

「ん？」

バイクを停める。さっきとは逆のサイドから海斗くんと向き合う。

「四年ぐらい前にも、いたよね？」と、中学生らしいタメ口がくる。「前にぼくがここに住んでたとき」

「そうだね。いたよ。何、覚えててくれたんだ？」

「春行に似てたから、覚えてた」

みつば高の宮島くんに続き、二人め。春行に感謝だ。春行が四年前から売れてくれていたことに感謝。

海斗くんはさらに言う。

「ちょっと話もしたし」

「うん。したね。僕も覚えてるよ」

はっきり覚えている。一度ではない。何度かここで話をした。

四年前、の夏休み。当時小三の篠原海斗くんは、よそからこの四葉へ引っ越してきた。そして田中舞美《たなかまいみ》ちゃんからの手紙を待っていた。そう。田中舞美ちゃん。名前まで覚えている。たぶん、海斗くんの初恋の人だ。僕で言うところの、出口愛加ちゃん。

海斗くんは僕に、田中舞美ちゃんからの手紙は来てないかと尋ねてきた。来てなかった。話を聞いて、手紙を出す約束などしてないことがわかった。つまり。自分は田中舞美ちゃんのことが大好きだから、田中舞美ちゃんも自分のことが好きにちがいない。だから引っ越した自分に手紙を出してくれてもおかしくない。と、そう思っていたわけだ。何の根拠もなく。

僕も出口愛加ちゃん相手に似た経験をしていたので、ついつい海斗くんに言ってしまった。自分から田中舞美ちゃんに手紙を書いたほうがいいんじゃないかな、と。郵便屋の僕が言うことではないとすぐに後悔したが、海斗くんは手紙を出してくれた。そして、何と、田中舞美ちゃんから返事が来た。

海斗くんが四葉に住んでいたのは、翌年の三月まで。母親の皆子《みなこ》さんが山村成人《なるひと》さんという人と再婚したため、東京の南千住に引っ越していった。のだが。今年の四月に戻ってきた。山村さん夫婦が、篠原ふささんと同居することを決めたのだ。

あれから四年。小学三年生だった海斗くんも、今や中学一年生。さすがにもう話すことはないだろうと思っていた。海斗くんが僕のことを忘れているだろうと。もちろん、僕から声をかけるつもりもなかった。それは出口愛加ちゃんに対してそう考えたのと同じ理屈だ。でも出口愛加ちゃん同様、海斗くんも声をかけてくれた。単純に、うれしい。

そこで、自分から海斗くんに言ってみる。

「犬は、飼ってないんだ?」

「犬?」

「うん。去年おばあちゃんが言ってたからさ。こっちに戻ったら犬を飼いたいっていうようなことを海斗くんが言ってたって」

「あぁ。飼いたいことは飼いたい。でも部活があるから」

「サッカー部?」

「そう」

海斗くんはサッカーをやってるともふささんは言っていた。結構うまいらしいよ、と。

「今日は練習はないの？」

「うん。火曜はなし」

「そうなんだ」

「週に一日は休む日をつくるんだって。四葉中はそうなの。土曜と日曜のどっちかは必ず休みで、平日も一日は休み。曜日は部によってちがうけど。野球部とかち合わなくてすむから、便利は便利」

休養日をつくるというのは悪くないかもしれない。練習練習でその競技のことがきらいになってしまっては意味がないのだ。と、これは、プロ野球観戦が趣味だという山浦さんの意見。

「だから自分でやってるんだ？　サッカー」

「まあ、ボールには触っておこうと思って」

というその言い方がカッコいい。大人っぽい。海斗くん、実際にかなりうまいのかもしれない。

「そっか。がんばってよ」

「うん」

「それじゃあ」

今度こそバイクを走らせ、広い庭から出る。

夏は涼しい林道が、今はもう寒い。が、心地よい寒さだ。そう言える寒さは、この時期が最後。これからは日を追うごとに冷えていく。寒が冷に変わっていく。

この篠原・山村家は、どこかへの途中にあるお宅ではない。この一軒のためだけに林道を往復する。だから時には配達の最後にまわしたりもする。今日もそう。でもそのおかげで、学校から帰宅した海斗くんと会えた。よかった。

で、実はこの海斗くん、本人の知らないところで、もう少し出口愛加ちゃんと僕に関与している。

四年前にセトッチが僕に電話で教えてくれた出口愛加ちゃん情報はこれ。二十歳か二十一歳あたりで結婚したということ。その相手が出口愛加ちゃんに手を上げる人だったので、結局は離婚したということ。そのあともゴタゴタがあったということ。

それらはすべて噂だった。噂だけに、独り歩きしてしまい、出口愛加ちゃんは自殺したんじゃないかという話にもなった。誰も出口愛加ちゃんの連絡先を知らず、実家に電話をかけても教えてもらえなかったから、そこまでエスカレートしたらしい。

気にはなった。とてもだ。でも、小三まで一緒だっただけ、一度二人でアイスを食べただけ、の僕にできることは何もなかった。ないのだと思っていた。

田中舞美ちゃんから手紙の返事をもらった小三の海斗くんに、僕は言った。返事もらえていいなぁ。僕も出せばよかったよ、手紙。

そこで意外にも、海斗くんは言った。今から出せばいいよ。

僕はこう返した。残念だけど、もう遅いんだ。

海斗くんはあっさり言った。遅いことなんてないよ。

受取人さんが配達人に軽く言った言葉。小学三年生の言葉。出口愛加ちゃんと僕の事情を知って言ったものですらない。でもその言葉は案外耳に残った。僕は小学三年度のアルバムを引っぱりだして番号を調べ、出口愛加ちゃんの実家に電話をかけた。出てくれた出口愛加ちゃんのお母さんに言った。

小三のときまで同じクラスで、小四になるときに転校していった平本秋宏といいます。出口さんはどうしてるかなぁ、と思って、電話をさせてもらいました。あの、別におかしな意味ではなくて、何というか、懐かしくなってしまったので。平本から電話があったことだけ、出口さんに伝えていただけないでしょうか。

そして自分のケータイ番号を伝えた。メモはしてくれたと思う。

出口愛加ちゃんから電話がかかってくることはなかった。まあ、しかたない。単に驚かせてしまっただけだろう。もしかしたら警戒すらされたかもしれない。それでも、やれることはやったのだ、と思うことで、少し気は晴れた。遅いことなんてないよ、という海斗くんの何気ない一言のおかげだ。

陸橋を上り下りして局に戻ると、みつば一区の区分棚のところで、美郷さんが転送や還付の処理をしていた。

「おつかれ」と背後を通り、四葉の区分棚の前のイスに座る。

「おつかれ～」と美郷さんがこちらを見ずに言う。

職場体験学習の寺田ありすさんはもういない。学校の授業の時間に合わせなければいけないので、少し早めに帰すのだ。

僕も転送や還付の処理にかかりつつ、尋ねてみる。

「どうだった？　職場体験学習」

「楽しかったよ。すごく楽しかった。女子が来てくれてよかった」

「してもらった？　配達」

「うん。書留で伺ったお宅で、かなり驚かれた。中学生で、あの見た目だから」

「あぁ。そうだろうね」

「でもみんな優しかった。南中の生徒さんに配達を手伝ってもらってますって言ったら、がんばってねって言ってくれて、一人はお菓子までくれた」

「そうなんだよね。くれちゃうんだよ」そして冗談でこう付け加える。「苦情のときも中学生にいてもらえたら、丸く収まるのかな」

その冗談はあっけなくスルーして、美郷さんは言う。

「こんな言い方はあんまりよくないけど。見た目はああでも、ありすっちはごく普通の日本人だよ」

「ありすっちって」

「ん?」

「せっかくのありす感が台なしでしょ」

「何よ、ありす感て。わかるけど」

「お父さんとお母さん、どっちが外国の人?」

「お父さん。がアメリカ人。お母さんが日本人で、ありすっちは日本生まれの日本育ち。英語は話せない。でも芯は強いかな。でなきゃ、一人でもいいから配達をやってみたいなんて言わないよね、中学生女子が。で、うれしいことにさ、みつばでわたしを見たから、配達をやってみたくなったんだって」

「そうなの？」

「そう。バイクで配達する女の人を初めて見たから驚いたって言ってた。それで興味を持ってくれたみたい。女でバイクでみつば。だとすれば、わたしだよね」

「だね」

「ありすっち、配達のことをたくさん訊いてきた。わたしも楽しくてさ、ベラベラ答えちゃったよ。お弁当を持ってきててお昼はおごれなかったから、休憩のときに缶コーヒーをおごった。平本くんがいつも飲んでるやつ。白丸クリーニングの自販機で買って、第二公園で休んだ。女子だから紅茶とかを選ぶかと思ったら、コーヒー。休憩中も、あれこれ話したよ。お母さんと二人暮らしだとかそういう部分は、あんまり突っこんで訊かなかったけど」

　アメリカ人ふうの顔つきで、英語は話せない。日本生まれの日本育ち。お母さんと二人暮らし。いろいろあるのだろう。

「たぶん、面倒は多いよね。日本人であの顔だと。まあ、それを言ったら平本くんもそうか。郵便屋でその顔だから」

「いや、そこはくらべられないでしょ。僕には面倒なんてないよ」

「と、あっさりそう言えちゃうのが平本くんのすごさだよ。で、あっさり同じことを言えちゃうのがありすっちの強さ」

「言ったんだ？　同じこと」

「言った。感心しちゃったよ」

「部活は、何かやってるの？」

「情報処理部だって」

「そんなのがあるんだ？」

「コンピューター部、みたいなものなのかな。この先もＩＴがなくなることはないから早いうちにちゃんと身につけたいって言ってた」

「おぉ」

「そんなありすっちの趣味、何だと思う？」

「さあ」

「釣り」

「釣り？　あの釣り？」

「そう。魚釣り。海釣りとか渓流釣りとか、そういう本格的なものではないみたいだけど。その辺でのほほんとやる釣り、なのかな。釣り好きの女子なんて初めて知り合ったよ。そんな子、周りにいた？」

「そう言われると、いなかったな」

「蜜葉川の上流のほうにいくつかポイントがあって、休みの日なんかにそこでやるらしいよ。さすがに女子だから、自分一人にならないよう気をつけるって言ってた」

「気をつけるって、どうするの？」

「ほかにも釣り人がいるとこにするとか、道路から近いとこにするとか」

「あぁ」

「おじいちゃんに教えてもらったんだって。釣り」

「おじいちゃんて、どっちの？」

「こっちの。お母さんのお父さん。だから小さいころから慣れてたみたい。ありすっちに言わせれば、こう」そして美郷さんは方言交じりのおじいさん口調で言う。「おれにゃありすに教えられっごと釣りぐらいしかねーがら」

そういうことか、と思う。祖父直伝。いいおじいちゃんなのだろう。

寺田ありすさん。みつば南団地の配達原簿に名前があるから、知ってはいた。でも名前以外、何も知ってはいなかった。外見からも名前からも、判断できることは一つもない。

十二月になれば、さすがにあきらめもつく。もう冬。寒くて当たり前。認める。

でもカゼはひけない。人間だからひいてしまうこともあるが、ひけない。配達は一人が一区を持つ。一人が休むと、その一区に穴が開いてしまう。班の人たちに迷惑をかけることになる。だから、なるべくひかないようにしなければならない。

ということで、防寒は万全にする。寒がりの僕の場合、六枚は着る。日によっては、七枚。ふくらむ。ロボ秋宏になる。自分でもちょっと笑う。

手袋もはめる。でも郵便物に触れる指先の感覚だけは鋭敏にしておきたいから、第二関節までしかないニット手袋をつかう。二枚重なったハガキに気づかないなんてことがないように。

午前中、局からの出発前。僕はニット手袋をはめたその手で郵便物の一束をつかみ、間近に見る。

これは微妙だなぁ、と思う。束の先頭にあったから気づいた。加藤八重《かとうやえ》様宛のハガキだ。少し切れている。左端の部分から、二センチほどの切れ目が入ってしまっている。

抜き出して、裏を見る。予想どおり、喪中ハガキだ。年賀欠礼。

通常ハガキをつかわれているとわからないこともあるが、私製ハガキだとこんなふうにわかることもある。特に今のこれは弔事用切手が貼られていたのですぐにわかった。

裏面、右寄りにはこうある。


喪中につき年末年始のご挨拶ご遠慮申し上げます

手書き。なかなかの達筆だ。

切れ目がその文字にかかってはいない。が、やはり切れていることは切れている。たぶん、人によってはまったく気にしない。何なら気づかないかもしれない。受取人さんの八割、いや、九割はそうかもしれない。

ただ、ものがもの。喪中ハガキ。

受取人さんが気にしなければいいというものではないような気がする。もちろん、差出人さんは切れ目が入ってしまったことを知らない。知りようもない。だからいいのか？　と考えてみると。いい、とは言えない。

一方では、これで声をかけるのはやり過ぎだという気も、しないでもない。こんなことでいちいち郵便配達員に訪ねてこられては迷惑かもしれない。きょとんとされるかもしれない。

この程度の切れ目が入ってしまうのは、そんなにないことでもない。郵便物は遠くから旅をしてくる。まずポストに入れられ、取集され、多くは機械で差立区分され、配達地の局に送られ、機械で今度は配達区分され、実際に配達される。その過程のどこかでちょっとした傷がついてしまうことは、残念ながら、ある。ひどいものにはお詫びの付箋をつけるが、ひどくないものにはつけない。そして今のこれ。ひどくはない。

ただ、やはり、喪中ハガキ。

とりあえず束に戻し、配達カバンに収める。結論は先送りにした。道中考えようと思ったのだ。加藤八重さん宅に着いた時点でどうするか決めよう、と。

そしてみつば一区の配達に出た。今日は五味くんが不在の木曜だから、僕がそこを担当する。

局を出て三十分もすると、さっそく洟《はな》がたれてきた。バイクで走っているときはすするだけ。停まったときにハンカチで拭う。これも回数が増えると結構なタイムロスになるが、だからといって拭わないわけにもいかない。洟たれ配達員が書留を届けに来たら、受取人さんもぎょっとするだろう。

寒《さむ》、寒《さむ》、寒《さむ》、寒《さむ》、を定期的に唱えつつも快調に配達し、加藤八重さん宅にたどり着いた。道中考えるはずが、ほぼ考えなかった。一束の配達を終え、次の一束を手にしたときに、あぁ、そうだった、と気づいた。

　この加藤さん宅は、僕らにしてみれば楽な配達先だ。外壁に郵便受けが埋めこまれている。その位置がまた絶妙。僕らはバイクを左に寄せるだけでいい。乗ったまま配達できる。居住者は八重さん一人。何度か書留を配達したことがある。いつも家にいてくれた。

　その加藤八重さんが家の前の掃き掃除でもしていてくれれば、手渡しの際に一言添えられるんだけどなぁ。と思ったが、そんな都合のいい偶然はなかった。

　さあ、どうしよう。

　喪中ハガキを束から抜き出して、今一度考える。

　加藤八重さんは穏やかそうな人だ。過去に何かしら苦情を言ってきたこともない。このまま郵便受けに入れてしまうのが一番楽。問題は起きない。

　ただ。喪中ハガキ。

　ふぅぅっとゆっくり息を吐く。素早くエンジンを止め、バイクから降りる。そしてヘルメットをとり、後ろのキャリーボックスに入れる。

　迷うくらいなら、やれ。動いてしまえばいいのだ。

　門扉のわきにあるインタホンのボタンを押す。

ウィンウォーン。

「はい」

「こんにちは。郵便局です。直接お渡ししたい郵便物がありますので、ちょっとよろしいでしょうか」

「はい。今出ます」

門扉を静かに開け、入っていく。玄関のドアの前で立ち止まる。

すぐにそのドアが開く。加藤八重さんが顔を出す。

「こんにちは」ともう一度言う。

「どうも。書留ではないの?」

「はい。ご印鑑は不要です。あの、こちらのおハガキなんですけど」と言い、喪中ハガキを渡す。

加藤八重さんは、表を見て、裏を見る。

「あぁ。先生からだ」文面にさっと目を通し、言う。「これが、何か?」

「端の部分がちょっと切れてしまいまして」

「ん? あ、ほんとだ。切れてる」

「途中でそうなってしまったみたいで。すいませんでした」

「それを言いに来てくれたの？」

「はい。大切なおハガキのようなので、一応、と思いまして」

「そうか。喪中ハガキだから。でもいいわよ、このぐらい。文句を言われると思った？」

「いえ、そういうわけではないんですが。差出人様に対して失礼にもなりますし」

「まあ、そうか。こうなったことはわからないものね、出した側は」

「はい」

「わかっても怒らないけどね、大貫《おおぬき》先生は」

大貫先生。差出人さんのことだ。大貫せつさん。

「こんな紙一枚がはるばる遠くから来るんだから、切れちゃうことだってあるでしょ」

遠く。この場合は、四国だ。高知県。遠い。

「かえってすいませんね、ご足労をかけちゃって」

「いえ。こちらこそ、お呼び立てしてすいませんでした。では失礼します」

去ろうとしたところで、加藤八重さんに言われる。

「あ、そうだ。せっかく来てくれたから、わたしも一応、言っておこうかな」

「はい。何でしょう」

「あのね、先週の、えーと、土曜日かな。お隣の田島《たじま》さん宛の郵便がウチに入ってたの。ハガキ」

「そうですか。すいません」

お隣の田島家。居住者は二人。力《ちから》さんと雪子《ゆきこ》さん。ご夫婦の二人暮らしだ。どちらも七十前後。

「それで、そのおハガキは」

「田島さんの郵便受けに入れておいた。声まではかけなかったけど」

「ありがとうございます。たすかります」

「で、昨日。またあったのよ、同じことが」

「あぁ、そうですか。本当にすいません」

「共済からの通知でね、わたしも入ってるから、ウチに来たものだと思って開けようとしちゃったのよ。宛名を確認しないで。でもこの時期に何の通知だろうとも思って、そこでやっと表を見たの。そしたら田島様宛になってて。いけないいけないって、どうにか半分開けたところでとどまった」

「それで、そちらの封書は」

「さすがに田島さんのとこに直接持っていって謝ったわよ。ごめんなさい、気づかないで開けそうになっちゃったって」

「ありがとうございます。本当に、すいませんでした」

「だいじょうぶ。田島さんの奥さんも別に気にしてなかったわよ。あ、そう、わざわざ届けてもらって悪いわねっていう感じだった。契約の内容を少し変更したんで、その手続きが終わりましたっていう通知だったみたい」

「今後気をつけます。そういうことがないように」

加藤八重さんと田島雪子さんが親切な人でよかった。そして加藤家と田島家の関係が良好でよかった。もしそうでなければ、大きな事故につながっていたかもしれないのだ。

そこで僕は思い当たる。初めが先週の土曜日で、次が昨日、水曜日。どちらも五味くんが配達した日だ。

加藤さん宅と田島さん宅。加藤八重さんと、田島力さんに雪子さん。氏名は似ていない。普通はまちがえない。が、配達に慣れないうちはそういうこともある。慣れたから隙ができることもある。五味くんは、田島さん宛の郵便物をまちがって加藤さん宅に入れたのではなく、田島さん宅そのものを加藤さん宅ととりちがえたのかもしれない。二度続けたというあたりがそれっぽい。

「次もう一度あったらさすがに怒ろうと思ってたのよ」と加藤八重さんはあくまでも穏

やかに言う。「いえ、怒るって言うとキツいわね。そうじゃなくて、局さんに電話をかけて言おうと思ってたの。田島さんにも申し訳ないから」

「そう、ですよね。おっしゃるとおりです」

「でもこうして見事なタイミングで来てくれたから、言っちゃった。来てくれてよかった。あなたには悪いけど」

「いえ。僕も、伺ってよかったです」

「配達する人って、毎日ちがうんでしょ?」

「毎日というわけではないですが、ちがいます。何人かでやってますので」

「さっきのハガキが切れちゃう話じゃないけど。何百軒も配達するんだろうから、まちがえることだってあるわよね」

「そう言っていただけるとありがたいです。ただ、やはり、あってはいけないことなので」

「だとしても、よかった。わたしも局さんに電話しなくてすんだから。郵便屋さんも大変ね。この程度のことで声をかけなきゃいけないなんて。でもハガキをこんなふうに最後まで大切に扱ってくれたと知ったら、大貫先生も喜ぶと思うな」

　実は直前までそのまま郵便受けに入れてしまおうかと思ったりもしてたんですよ。と言いたくなる。代わりに言う。

「先生なんですか?」

「ええ。大貫せつ先生。小学校のときの先生ね。高知県の学校。わたし、出身が高知なの」

「四万十川が流れてる、のが高知ですよね?」

「そう。まさにその四万十市。わたしが住んでたころはまだよそとの合併前で、中村市だったけど。市街地からは離れてて、田舎も田舎。大貫先生は定年までずっとその辺りで小学校の先生をしてた。もう何十年も会ってない。わたしは小四のときに転校してるから、同窓会なんかで会うこともなくて」

「わかります。僕も小四のときに転校したので。確かに、小三のときの先生と会ったことは一度もないです」

「小学校の同窓会って、あまりないものね。中学のそれをやれば充分てことになっちゃうから」

「あったとしても、六年生のときにいないと、声もかからないですしね」

「そうそう。そうなの」

「でも、年賀状のやりとりはなさってるんですね、先生と」

「ええ。練馬に引っ越してからもわたしが何度か手紙を出してるから、その流れで」

「練馬。東京ですか」

「そう。家の事情で、高知の中村市から東京の練馬区。で、手紙を出せばきちんと返事をくれるのよ、大貫先生。小さいころだけじゃなくて、大人になってからも。だからわたしも年賀状だけは出しつづけた。途切れさせちゃうのも、何かいやで。ほら、心配させるかもしれないでしょ？　何かあったんじゃないかって」

「そうですね」

「もういいやと思ってやめちゃった、と思われるのもいやだし」

「はい」

「年賀状だけのつながりではあるし、先生のことを思いだすのはその時期だけだったりもするんだけど、何か安心するのよね。今も先生が見てくれてるような気がして。実際、四万十からハガキが来るだけで、もううれしい。先生が文字を書いたときにこのハガキは四万十にあったんだなって思えるし。ありがたいわよ。ハガキ一枚でいろいろ思いださせるんだから」

「そんなおハガキに傷をつけてしまって、すいません」

「だからそれはいいわよ。ハガキの体《てい》をなしてれば、わたしはそれでオーケー」

「ありがとうございます」

「今年は先生に年賀状を出せないかぁ。そうなると、代わりに喪中見舞かな。年内に出すなら、喪中見舞でいいのよね？」

「おそらく。年明けなら、寒中見舞かと。すいません。正直、自信はないです」

「わたしもない。あとで調べます」

僕も調べよう、と思う。何なら、また四葉クローバーライフの安井さんに訊くのもありかもしれない。

「先生とは、もう何年会ってないかしら。わたしが今五十九だから、えーと」加藤八重さんは指折り数え、言う。「五十年」

「五十年！　そのあいだ、年賀状のやりとりはずっと続いてるんですか？」

「そう。今みたいに喪中の年もあったけど、それを除けば一年も欠けてない。先生、もう九十二歳とかだと思う。なのに、こうやって手書きの喪中ハガキまでくれる。亡くなられたこの佐吉《さきち》さん、ご主人のことは、わたし、何も知らないのに」

五十年にも驚かされるが、九十二歳にも驚かされる。しっかりされてるかたなのだろう。きちんとされてるかたなのだろう。

「わたしもね、一昨年、主人を亡くしたの」

「あぁ、そうですか」

実は知っている。加藤節三《せつぞう》さん、だ。確かに、そのころまでは配達原簿に名前があった。

「やっぱりあちこちに喪中ハガキを出した。そのときはそんなこと考えなかったけど、言われてみれば、そうかもしれないわね。そのハガキがきれいなまま届いてほしいとは、思ってたかもしれない」そして加藤八重さんは言う。「って、ごめんなさいね。関係ないことまでしゃべっちゃって。わざわざ来てくれて、ほんとにありがとう。これからも配達、お願いします」

「こちらこそ、よろしくお願いします」

少し深めに頭を下げて、僕は加藤さん宅をあとにする。外に出て、門扉を静かに閉める。

続く田島さん宅には、DMハガキが一枚。それは慎重に配達した。田島さんだよな、加藤さんじゃないよな、と食い入るように宛名を見た。はい、田島さん、と指差し確認までした。

加藤さん宅を訪問。僕は余計なことをした、と見ることもできる。たまたまとはいえ、埋もれていた誤配を掘り起こしてしまったのだ。それでもやはり、声をかけてよかった。

誤配は、知るべきだ。自分たちがミスをしたことは、知っておくべきだ。

　配達員が誤配に気づかないことは多い。気づかないからこそ、誤配は起きてしまう。苦情があれば気づける。なければ気づけない。ないと、どうなるか。自分は誤配をしないと思ってしまう。そう思いこんでしまう。よくない。

　配達を長くやっていると、その仕組みがわかってくる。例えば自分が一年間まったく誤配をしなかったとする。つまり、その手の申告を一つも受けなかったとする。よかった、と思うのはいい。誰も何も言ってこなくてよかった、と思うのはダメだ。そうはなりたくない。

　そして翌々日。土曜日。出勤してきた五味くんに、誰もいないところでやんわりその話をした。

　加藤さん宅で誤配の指摘を受けたこと。確かではないが、曜日から判断して五味くんの可能性があること。加藤八重さんはまったく怒っていなかったこと。でも三度めはマズいこと。

　僕の予想は当たっていた。五味くんは、加藤さん宅と田島さん宅をとりちがえていた。初めからずっとそうだったわけではない。ここ何日かでそうなってしまったのだ。加藤さん宅は、郵便受けは配達しやすい位置にあるが、表札は玄関のドアのわきにある。だから配達する際は目にしない。田島さん宅も同じ。そしてどちらも毎日郵便物があるわけではない。そんなわけで、勘ちがいが起きてしまったらしい。

「すいません」と五味くんは言った。

「だいじょうぶ。今日からまた気をつけてくれればいいよ。やっちゃうのはしかたない。次やらないことが大事」

「謝りに行ったほうが、いいですか？」

「いや、いいよ。もう謝っておいたから」

謝るのは僕の仕事だ。五味くんにあれこれ教えた僕の仕事。

「と、まあ、それだけ。今日も安全第一でいこう」

「はい」

「冷えるらしいよ、今日は。天気予報で、冬将軍到来だって言ってた。すごいよね、冬将軍て言葉。でもほんとに寒い日は、ほんとに将軍が見えるような気がするよ。真っ白い馬に乗って真っ白い鎧を着て真っ白い兜をかぶった将軍」

「はい」

そのはいに、つい笑う。

「いや、それは否定してくれていいよ」

「はい」
五味くん。これはこれでおもしろい。筋が通っていると言えないこともない。
美郷さんも言っていた。五味っちは一味ちがうイエスマンだと。笑った。五味くんは
イエスマンなの？　そう訊いたら、五味くんはあっさりこう答えるだろう。はい。
悪くないと思う。何でもそう。ものごとを否定するのは、実は簡単なことだ。ものご
とを肯定することで、責任は生まれる。

「はい、そんじゃ、乾杯！」と春行が言い、
「秋宏くん、おつかれ〜」と百波が言い、
「二人も、おつかれ」と僕が言って、
三人、カチンとグラスを当てる。
春行と僕はビール。百波はピーチサワーだ。正しくは、白桃サワー。さすが日本。い
ろいろある。
百波がその白桃サワーを一口飲んで、言う。
「あぁ。今年はほんとに疲れたぁ」

春行もビールを一口飲んで、言う。

「おぉ。さすが売れっ子」

「春行に言われたくないよ」

「いやいや。助演女優賞女優が何をおっしゃる」

「それ、いつまで言う？」

「ずっと言うよ。賞をもらったって事実はずっと消えないんだから」

「一年経ったらもう誰も覚えてないよ。初めから知らない人だっているし」

百波は去年、初めて出た『カリソメのものたち』という映画で、新聞社が主催する映画賞の助演女優賞をとった。来年は次作の公開も控えている。今年はその撮影に舞台出演に街歩きロケにと、本当に大忙しだったらしい。

春行も同じだ。今年は映画はなかったが、テレビドラマの主演に、いつものバラエティ。そのバラエティでは、司会の一人を務める番組も始まった。といっても、進行は大物芸人さんと女子アナさんにまかせ、春行は好き勝手なことを言うだけ。

春行と百波。二人はすでに売れていたが、さらに売れたように見える。その証拠に、今年この家に来るのはこれが初めてだ。もう十二月なのに、初めて。

今日のこれは、前々から言われていた。二週間前からだ。

今朝になって、春行からメールも来た。

〈今日は絶対行くからそのつもりでいるように。ただしおれが遅れたらそのときは待たなくていいからさっさと寝るように。百波と二人でいる場合、シャワーは覗かないように。助演女優賞女優のヌード画像を流出させないように〉

一つ一つに対応するのは面倒だったので、了解、とだけ返信した。春行は、返事を求めてはいないのだ。自分が言いたいことを言えればそれで満足する。

僕が昨日のうちに買っておいた梅のり塩味のポテトチップスをサクサク食べながら、百波が言う。

「秋宏くん、明日はお休みでしょ？」

「うん。今回は早めに言ってくれたから、土曜に休みがとれた」

「日にちと時間がきっちり決まってる仕事って、大変だよね」

「僕に言わせれば、それが決まってない仕事のほうが大変だよ。だって、自分のペースで動けないでしょ？」

「そうだけど」

「秋宏はさ」と春行。「今みたいな仕事を、自分のペースでやれちゃうんだよな。おれなんかは、日にちと時間をかっちり決められてる時点でもう自分のペースじゃねえんだけど。秋宏はそこにうまく自分をはめ込めるんだ。そのなかで、好きに動ける」

「あぁ。そういうことなのかもね。考えたことなかったけど」

「考えないでそういうことができちゃうのがスゲえよ。おれなんかは考えちゃうもんな」

「よく言うよ」と百波が笑う。「どこが考えてんのよ。春行が考えてるなら、動物たちだって考えてるよ」

「動物たちって?」と春行が尋ね、

「犬とか猫とか」と百波が答える。

「いや、犬と猫よりはおれのほうが考えてるだろ。おれ、ちゃんと毎日家に帰ってくんじゃん」

「犬と猫だって帰ってくるよ」

「まあ、そうか。でもあいつらは、本能だろ。何だっけ、えーと、帰巣本能。おれは、ちゃんと考えて帰ってるよ。さあ、帰るぞって。だって、ほら、あんまり遅くなると、百波が怒るから」

「春行は遅すぎんの。遅すぎて、逆に早くなっちゃってんじゃん。仕事でもないのに早朝に帰ってきたら、そりゃ怒るでしょ」

「いや、だからあれは野宮《のみや》さんに誘われたんだって。先輩俳優に飲みに誘われたら、断れないだろ」

「飲みに行くのはいいよ。ただ、長すぎんの。何時間飲んでんのよ」

「八時間」

「それ、もう睡眠時間じゃん。ハワイにも行けちゃうっつうの」

春行と百波は渋谷区のマンションで同棲している。たまにはケンカもする。が、仲はいい。すごくいい。二人を見ていると、同棲も悪くないな、と思う。

油淋鶏《ユーリンチー》、豚肉とキクラゲの玉子炒め。しそ餃子。五目焼きそば。それぞれを小皿にとって食べる。今日はいつものピザではなく、宅配の中華をとった。百波がそれを望んだのだ。

今朝、春行からだけでなく、百波からもこんなメールが来た。

〈今日は中華の気分。秋宏くん、お願い。お金は春行が出すから〉

ということで、昼食休憩のあいだにスマホで検索し、宅配もしくはテイクアウトの店を調べた。近くになければコンビニ惣菜ですませるつもりだったが、宅配してくれる店を見つけたので、そのまま注文した。時間は午後八時と指定した。

春行と百波の到着予定は七時だったが、東京からタクシーで来ることもあって、そのとおりになることはまずない。実際、百波が来たのが七時半で、春行が来たのが七時四十五分だった。そして宅配中華だけがぴったり八時に到着。申し分なかった。

百波は青りんごサワー、春行と僕は二本めのビールに移る。そこでようやく、百波に会ったらしようと決めていた話のことを思いだした。

「あ、そうだ。福江《ふくえ》ちゃんさ」

「ん?」

百波の本名は林《はやし》福江。だから話すときはその呼び名になる。

「今年の四月、ウチの郵便局に新しい人が来たのね。新人くんではなくて、三十五歳の人。ベテランさん」

「異動してきたってこと?」

「そう。で、その人には二歳の娘さんがいるの。すごくかわいくて、その人は写真を撮りまくってる」

「溺愛パパだ」

「それ。毎日撮るから写真はどんどん増えちゃって、すべてをメモリーカードに保管してる。動画は動画でまた別にある」

「じゃあ、幼稚園に入ったら大変だ。運動会の場所とりで」

「自分でもそう言ってた。二日前から徹夜しちゃうかもって」

「不審者として通報されるレベルだな」と春行。

「そうも言ってた。だから気をつけなきゃって」

「それで？」と百波。

「それで、その娘さんの名前が小波ちゃんなの」

「え？」

「タレントの百波からつけたんだって。後ろに波がくるのはいいなぁ、と思って。あんなふうにかわいくなってほしいなぁ、とも思って」

「ほんとに？」

「ほんとに」

「ちょっとぉ。すごくうれしいんですけど。秋宏くん、つくってない？」

「つくってないよ。奥さんも百波が好きなんだって。だからすんなり決まったみたい」

「うわ、それもうれしい。同性にそう言ってもらえるのは、かなりうれしいよ。マジかぁ。小波ちゃん、最高！　わたしなんかよりずっとかわいくなってほしい」

「将来、主演女優賞をとったりしてな」と春行。

「とってほしい」と百波。

「先に百波がとれよ」

「それは春行がとんなよ」

「思いだせてよかったよ」とこれは僕。「言おう言おうとは思ってたんだけどさ、福江ちゃんが来ないから言えなかったんだ。来たら来たで、お酒飲んで忘れちゃうとこだった」

「よかったよ、秋宏くんが思いだしてくれて。そのもの百波でなくても、名前をつけてくれたっていうのは、ほんと、うれしい」

「じゃあ、その小波ちゃんにもう一度乾杯すっか」と春行が提案し、

「しよう」と百波が同意する。

「はい。じゃ、乾杯!」

「乾杯!」

「乾杯!」

グラスがカチンと三度鳴る。

「ねぇ、秋宏くん」

「ん?」

「その人。小波ちゃんのパパ。秋宏くんが春行の弟だって知ってるの?」

「知ってるよ。局員は、ほぼ全員知ってる」

「じゃあ、春行がわたしと同棲してることは？」

「それは、どうだろう。言ってはいなかったな」

「秋宏くんの前だから遠慮したのかな」

「そうかもね」

「知ってそうならさ、言っといてよ。百波、大喜び！　って」

「わかった。言っとくよ」

そして午後九時。いよいよ『ダメデカ』が始まった。十月にスタートした春行主演のテレビドラマ。その最終回だ。

今日は絶対行くから、と春行が言っていたその目的がこれだった。百波と僕との三人でこのドラマを見るため。最終回には、何と、百波がゲスト出演するのだ。主演俳優の春行と実生活で同棲している百波が。

実に大胆な企画。放送前から話題にもなっていた。まず、ドラマ自体の評価が高かった。とてもくだらないがとてもおもしろい。僕もその評価に賛成だ。まさに春行のいいところが引きだされたドラマだと思う。

春行が初めて出たドラマは、『スキあらばキス』。そこで百波と共演し、付き合うようになった。春行も脇役だったが、主役の二人を見事に食い、評価を上げた。その後、春行は、ゲイバーを舞台にした『オトメ座のオトコ』というドラマで主役になった。とはいえ、それは放送開始が午後十一時台という深夜ドラマだった。で、今回、ついにゴールデン帯に進出した。ゴールデンもゴールデン。金曜の午後九時。金曜の夜ってみんな飲みに行っちゃうんじゃねえかな、と春行は言っていたが、飲みに行かなかった人たちのハートはがっちりつかんだ。

『ダメデカ』は、何でもありのコメディだ。タイトルどおりの刑事もの。ただし、刑事が地道な捜査で、もしくは熱い捜査で事件を解決する、といった類ではない。春行は一応刑事だが、ほぼ事件を解決しない。

　女子高生が当たり前に犯罪行為に手を染めるようになった近未来。と言いつつ、たった一年後でしかない近未来。女子高生をうまく取り締まれるのは男子高生なのではないか。ということで、日本で初めて在学中に採用された高校生刑事役が手代木《てしろぎ》了都《りようと》。そのカノジョの高校生役が高津《たかつ》海《うみ》。了都を誘惑する女子大生にして実は悪の組織の親玉役が玉田《たまだ》蜜《み》柑《かん》。了都の面倒を見る羽目になったダメ刑事役が春行。エリート先輩刑事役が野宮厚巳《あつみ》。警視総監の娘であるブラジリアン柔術有段者の先輩刑事役が井《い》原絹《はらきぬ》。

　厚巳と敵対しつつ、また絹に惚れつつ、春行は了都とともに事件の真相に迫っていく。

のではなく、常にそこから遠ざかっていく。

放送の第一回。女子高生による大規模な銀行強盗事件が発生し、春行も現場に駆りだされた。それは人質をとっての立てこもり事件へと発展し、緊迫の度は一気に高まった。のだが、先輩刑事厚巳は春行に言った。お前さ、コンビニでパン買ってきて。今日発売のかぼちゃコロッケパン。普通のコロッケじゃなくてかぼちゃコロッケな。まちがえんなよ。お前、仕事ができないんだからそのくらいはこなせよ。

舌打ちをしつつ、またこの日が捜査デビューの了都に蔑《さげす》まれつつ、春行はコンビニに向かう。が、かぼちゃコロッケパンには出会えず、コンビニをはしご。ようやく巡り合えたところで、女子高生による小規模なコンビニ強盗に了都ともども巻きこまれる。最後はどうにかその女子高生強盗を説得し、犯罪者を出さない形でことを収めるが、かぼちゃコロッケパンを買うのは忘れる。で、先輩刑事厚巳に言われる。お前、かぼちゃコロッケパンは？　次いで、了都にも言われる。そういえば、銀行強盗は？　春行は言う。あぁ、何か、解決したらしいよ。

と、まあ、毎回そんな具合だ。事件が解決しない。事件現場にたどり着けない。事件そのものが起きない。街なかに現れた猿を捕獲しようと追いかけていたら誤って宝石強盗犯を捕獲。果ては総理大臣を誤認逮捕。パターンはいろいろある。

僕が好きなのは、カルガモが出てきた回だ。

事件現場に向かう途中、カルガモの親子が道路を横断していたので、春行はサイレンを止め、車そのものも停めて、待つ。そして助手席の了都に、刑事ってのは動物の命も守らなきゃいけないんだ、と心得を説きつつ、計六羽のカルガモ親子に癒される。が、六羽すべての背中に何かが載せられているのに気づく。透明な小袋に入れられた白い粉。春行は言う。あれ、麻薬じゃね？

そう。カルガモの親子が麻薬の運び屋をやらされていたのだ。まさに盲点。こんなにも愛らしいカルガモの親子を犯罪に利用するとは！

と、まあ、くだらないにもほどがある、と言いたくなるくだらなさだが、視聴者には受け入れられた。実際、視聴率はいいらしい。

で、今夜が最終回。

「何だって？　これまでおれらを散々誘惑してきたあの女子大生が実は悪の親玉だって？」という春行の見事な説明ゼリフからドラマは始まった。

百波は、同じく刑事として登場した。

「どうも。塩バターキャラメル工場長殺人事件で合同捜査にあたることになったよその署の刑事です」とやはり自分で説明した。

よその署、というのに笑った。

「これ、何日か前に撮ったばかりだからね」と、三本めの白ぶどうサワーを飲みながら、実物の百波が言う。「まだ一週間経ってない。ほんと、ぎりぎり。押しに押してた」

「だよな」と、ビールを飲みながら春行。「あと一日遅かったら、間に合わなかったんじゃね？　おれも百波もスケジュールに空きはなかったし」

「共演の話は、早くから決まってたの？」と尋ねてみる。

「いや」と春行が答える。「それもちょっと前だよな。急遽そうなったんだ。最終回、ゲストは百波さんでどうですかね、みたいに」

「そんなオファーをよく受けたよね、ウチの事務所の社長が」

「福江ちゃん自身は、よかったわけ？」

「まあ、別に。だって、春行と一緒に住んでることはもう知られちゃってるし」

「それをテレビ局に提案したのはウチの社長だからな」

「え、そうなの？」と百波。

「そう。おれも言われた。百波ちゃんのためにもなるからいいよな？　って」

春行の事務所の社長さんは、かつて、春行の弟の僕までテレビドラマに引っぱりだそうとしたことがある。まったくの素人の僕をだ。だからその程度の提案なら、して当然なのかもしれない。

「話が決まってからは、社長にこうも言われたよ。放送が終わるまで百波ちゃんと別れるなよって」

「それ、わたしも社長に言われた。失礼だよね」

「けど、まあ、どうにか別れずに今このときを迎えられたからよかったよ」と春行が際どい言葉を放ち、

「放送が終わる十時半からは別れてもいいってこと?」と百波も際どい言葉を返す。

「いや、ダメだろ。このあとDVDボックスセットが発売されんだから。別れたら最終回の価値が下がる」

「じゃあ、ずっと別れられないじゃん。DVDは、出まわっちゃうわけだし」

「そう。だからおれらは永遠に別れられない。別れるには、自腹でDVDボックスセットを回収するしかない」

二人にしてみれば冗談かもしれないが、聞いている僕はちょっとドキドキする。このやりとり自体がドラマみたいだ。

塩バターキャラメル工場長殺人事件は、あっけなく解決した。犯人は牛だった。塩バターキャラメルの原料となる生乳を仕入れるべく牧場を訪れていた塩バターキャラメル

工場長は、乳牛に蹴られて亡くなったのだ。そうなるよう誰かに仕向けられたわけではない。つまり計画殺人ではない。牛の一存。

したがって、悪の組織も絡んでいなかった。そちらはそちらで、親玉の女子大生玉田蜜柑が就職活動に入ったこともあり、やはりあっけなく解散した。そんなふうにして、日本の平和は守られた。

ドラマのラストで、春行は、警視総監の娘である井原絹にこれまたあっけなくフラれた。誤解しないでください。きらいになったとかそういうことではないです。初めから好きじゃないんですよ。と言い、井原絹はエリート刑事野宮厚巳とくっついた。そんなふうにして、日本の平和は守られていくのだ。エリートたちの手によって。

で、ラストもラスト。捜査本部は解散し、春行が百波に言う。

「あーあ。終わりか。じゃ、行こ」

「は？　何でですか」

「いや、だって、君とは帰る方向が一緒だから」

ドラマのなかでもまさかの際どいセリフ。

「出た！」と、白ぶどうサワーを飲んで百波が言う。「最後の最後がアドリブって、普通、ないよね」

「これ、アドリブなの？」と尋ねる。

「そう。ほんとはちがうセリフだったの。そのくらいはいいじゃん、みたいな。でも春行が勝手に変えた」

「つい出たんだよ、ぽろっと。実際、帰る方向は同じだから。つーか、帰る部屋まで同じだから」

「現場、一瞬凍りついたよね」

「ついたな。たぶん、百波が怒ると思ったんだろうな。怒らなかったけど」

「オッケーの声がかかって何秒かしたあとに、みんな、爆笑」

「そのあとに百波が言ったんだ。あんた本物のバカなの？　で、また爆笑。普段は笑わない大道具さんまで笑ってたよ」

「でもいい現場だったよね。わたしは二日しか行ってないけど、楽しかった。いいドラマってさ、やっぱり現場の雰囲気もいいよね」

「かもな」

「わたし、プロデューサーさんに言われたよ。ウチの局でまたどう？　って。春行くんと一緒にって」

「何て答えた？」

「ギャラ次第ではって。本気にとられてたらどうしよう」

「本気じゃないのかよ」

「ギャラ次第でっていうのを本気にとられたらどうしようってこと」

「いや、とられていいだろ。身を削るんだから、そこそこのギャラはくんないと」

『ダメデカ』最終回三十分拡大スペシャルは、午後十時半に終了した。

「どうだった？　秋宏」と春行に訊かれ、

「おもしろかったよ。続編が見たい」と答える。

そこで僕のスマホにメールが来た。

開き、見る。みつばベイサイドコートに住むセトッチからだ。

〈『ダメデカ』拝見。最高！　未佳曰く、続編が見たい〉


年賀期間に入ると、僕ら正社員が配達に出ないことも多い。特に、局から近いみつばや四葉の配達は短期アルバイトさんにまかせ、僕らはその指導や局内での区分作業にあたる。

だから今年配達に出るのは今日が最後かもな、という火曜日。僕はみつば一区を担当する。

もう完全に冬。真冬。六枚着ていたのを七枚にした。一番下に着るTシャツをダブルにしたのだ。ともに半袖だから、厚みが増すのは胴体部分だけ。腕を動かしにくくはならない。ロボ秋宏の完成形。

寒いことは寒いが、この時期、幸いにも雨はそう降らない。配達も順調に進む。

そして一丁目の角を曲がり、加藤さん宅に差しかかる。僕が五味くんの誤配を掘り起こしてしまった、加藤八重さん宅だ。

あのときはこちらの期待に反して家の前で掃き掃除をしていなかった加藤八重さんだが、今日はしていた。あ、本当にするんだな、と思った。しかも今は自宅の前でなく、隣の田島さん宅の前を掃いている。

郵便物がない加藤さん宅の前を素通りし、田島さん宅の前でバイクを停める。

「こんにちは」と加藤八重さんに言う。

「こんにちは。よかった。ねぇ、郵便屋さん。ちょっとお願いがあるんだけど」

「何でしょう」

「でも先にお仕事をどうぞ」

「すいません。では」

田島さん宅の郵便受けに封書を入れる。終えるのを待って、加藤八重さんが言う。

「わたしね、書いたの。喪中見舞のハガキ」

「あぁ。はい。えーと、大貫先生宛の」

「そう。それを出したいんだけど、持っていってもらってもいい？」

「いいですよ。じゃあ」

バイクをUターンさせ、加藤さん宅へと戻る。

加藤八重さんは歩いて戻り、門扉を開けて、なかへ入っていく。

「ちょっと待っててね」

「はい」

バイクから降りて、待つこと三十秒。加藤八重さんが戻ってくる。

「これなんだけど」と喪中見舞ハガキを差しだす。

受けとり、記載に不備がないか、適正料金の切手が貼られているか、をさらりと確認する。手書きの私製ハガキだ。宛名は、四万十市の大貫せつ先生。様ではなく、先生。

「あと、これも」

缶の緑茶と個別包装ののど飴を二つ渡される。

「お願いだけじゃ申し訳ないから」

「すいません。あとでいただきます」

「四万十だと、明日は無理かしら」

「そうですね。夕方、局に戻ってからお出しすることになるので、配達はあさってになってしまうかと。それでもよろしいですか？」

「充分。ごめんなさいね。ポストも遠くないのに、横着しちゃって」

「いえ。確かにお預かりします」

「実はね、これを狙って掃除してたの」

「はい？」

「郵便屋さんが来るのを狙って。この前は確かこのぐらいの時間だったから、郵便屋さん、待ってれば来るんじゃないかって」

「あぁ。そうでしたか」

「まさかほんとに来てくれるとは思わなかった。しかもあなたが来てくれてよかった。そういえば、あなた、お名前は？」

「平本です。平本秋宏です」

「平本さんか。そのハガキを渡すのもそうだけどね、実はこれも伝えたかったの。こないだ平本さんが大貫先生からのハガキを届けてくれたあのあとにね」

「はい」

「すぐ次の日ではなかったと思うんだけど。郵便受けに手紙が入ってたのよ」

「手紙」

「というか、メモ紙みたいなもの。わたしは買物に出てたんで、たぶん、その場で書いて入れておいてくれたのね。短かったから、覚えてる。二度も誤配をしてしまってすみませんでした。これから気をつけます。名前まで覚えちゃった。五味奏くん。そうくん、よね？　それとも、かなでくん、かしら」

「そうくんです」僕がくんを付けるのはおかしいと思い、言い直す。「ごみそう、です」

「名前からして、若そうね」

「大学生です」

「アルバイトさん？」

「はい」

「丁寧だなと思って、何かうれしくなっちゃった。郵便屋さんが言ってくれたの？　その奏くんに」

「いえ。僕は言ってないです。ただ注意をしただけで」

そう。言ってない。気をつけてとは言ったが、謝っておいてとは言ってない。五味くんが、自身の判断でそうしてくれたのだ。そして自分がそうしたことを、五味くんは僕に言わなかった。言う必要はないのだ。加藤さんに謝るようにと指示されたわけではないから。

「ついでに言っちゃうとね、わたし、大貫先生に会いに行くことにした」

「高知に行かれるんですか?」

「ええ。年が明けたら、四万十に行ってみるつもり。もう実家はないんだけど、久しぶりに行ってみる。帰ってみる」

「そうですか」

「喪中ハガキをもらって、思ったの。このまま先生と別れるのはいやだなって。五十年も年賀状のやりとりをしておきながら、一度も会わずに別れるのはいやだなって。だから勝手に押しかけちゃう。もちろん、事前に連絡はするけど」

「先生、喜ぶんじゃないですかね」

「どうかしら。実はわたしのこと覚えてなかったりして」

「いえ、それは」

「わかんないわよ。毎年年賀状をくれる子っていう認識しかないかもしれない。わたしが三年生だったころのことなんて、もう忘れててもおかしくないし。まあ、それでもいいんだけどね。わたしが先生のことを覚えてる。大事なのはそこだから」加藤八重さんは少し笑って言う。「生きてるうちにと思って会いに来ました、なんて言ったら、先生、怒るかな」

怒らないだろうな、と思う。教え子が、五十年の時を経て訪ねてくるのだ。怒るわけがない。

「先生のご主人、佐吉さんにお線香を上げてくるわよ」

「お気をつけて行ってらしてください」

「ありがとう。そのハガキ、お願いします。あと、五味奏くんによろしくね」

「言っておきます。手紙は読んでいただいたと」

「たぶん、いい子なんでしょうね。平本さんが誤配したんじゃないってことを、あの手紙でわたしに伝えようとしたんだから。たぶんじゃない。まちがいなく、いい子よ」

「ありがとうございます」

誤配で迷惑をかけた。何も言わないのも心苦しい。だから謝った。そういうことだと思っていた。でも、加藤八重さんの言うとおりかもしれない。五味くんは、加藤八重さんに謝ると同時に、僕に気をつかってもくれたのだ。

「時間をとらせてごめんなさいね」

「いえ。では失礼します」

バイクに乗って、去る。配達を再開する。

洟をすすり、考える。五味くんのことをではなく、加藤八重さんのことをでもなく、大貫せつ先生のことをでもなく、大貫佐吉さんのことを。

始まりは喪中ハガキ。夫を亡くした妻が書いた、喪中ハガキだ。

それがきっかけで、僕は加藤八重さんを訪ねた。加藤八重さんは大貫せつ先生を訪ねようと決めた。五味くんは加藤八重さんに謝った。一つ一つは別のこと。でも、三人が動いた。生きている三人だ。

亡くなると、人はもう何もできない。でもそんなふうに、死を悼んでくれる誰かの手で自身についてのハガキを出してもらえることもある。幸せなことだ。

喪中ハガキは一人の人間のおしまいのハガキなのだと思う。

だとすれば、それはきちんと届けたい。

できれば無傷で届けたい。

奇蹟がめぐる町

年末には父平本芳郎《よしろう》が帰ってきた。勤めている自動車会社の工場がある鳥取からだ。二年前から、父は一人でそちらに住んでいる。技術知識のある管理者が必要とのことで、工場に呼ばれたのだ。母伊沢幹子《いざわみきこ》とは、離婚してもう四年になる。別れた夫婦にしては、二人の仲は悪くない。たまには春行と僕との四人で外でご飯を食べることもある。春行が忙しかったから、今年は一度もなかったが。

父は年末の三十日に帰ってきて、三十一日には年越しそばをつくった。それは案外うまいので、僕も楽しみにしていた。

その夕食の席で、父が意外なことを言った。女性のことを話したのだ。そばうまいよ、とほめた僕に。

「なあ、秋宏」

「ん？」

「もしもだけどな」

「うん」

「お父さんが再婚するとしたら、どうだ?」

「え?」

さすがにそばをすする手が止まった。

「再婚だよ」

「する、の?」

「いや。だからもしもだ」

「もしもでそんな話しないでしょ。誰か相手がいるっていうこと?」

「相手は、まあ、いるな」と父はあっさり認める。「でも再婚するとかいう段階ではない」

「しそう、ではあるの?」

「そこまでもいってないよ。現時点での可能性で言ったら、五パーセントぐらいだ」

どうとればいいかわからない。高いと見るべきなのか、低いと見るべきなのか。あるいは、口にするからには五パーセントというのはうそで、実際は五十パーセント、と見るべきなのか。何よりもまず、可能性がゼロではないことに驚いてしまう。

「ほんとに、近々どうこうというような話じゃない。ただ、秋宏には訊いておこうと思ったんだ。今はこうやって年に一度しか会わないからな」

僕はそばをひとすすりして、言う。

「相手、いるんだね」

「相手というか、友だちだな。昔の友だち。ほら、今年の正月、帰ってきたときに、お父さん、高校の同窓会に出たろ?」

「あぁ。うん」

「そこで久しぶりに会ったんだよ。会って、いろいろ話をした」

「もしかして、高校生のころに付き合ってたとか?」

「いや、付き合ってない。憎からず思ってはいたけどな。少なくとも、こっちは」

付き合ってはいなかったが、憎からず思ってはいた。特に男のほうが。要するに、小学生のころの出口愛加ちゃんと僕みたいなものだ。

知りたいわけでもなかったが、何となくこう尋ねた。

「何ていう人?」

父はやはりあっさり答える。

「クボタカズエさん。窪みのほうの窪に田、漢数字の一に恵みで、窪田一恵。お父さんが知ってたころは、ヤシキだった。お屋敷の屋敷で、屋敷一恵」

「今は窪田なの?」

「そう。ダンナさんを亡くしたんだ」

「あぁ」

「で、今年の夏にな、窪田さんが鳥取に砂丘を見に来たんだよ。そのときに、案内した。砂丘とか町とかを」

「その窪田さんは、お父さんが春行の父親だってことを知ってるの?」

「知ってるよ。正月の同窓会でもずいぶん話題になったから」

「そうか。それは、なるか」

「窪田さんは、すごいねぇ、なんて言ってるよ。弟は郵便局員だと話したら、驚いてた」

「話したんだ?」

「ああ。平本は秋宏だけだってこともな」

春行は母の伊沢姓、だから平本は僕だけ、という意味だ。

「同じマンションに漢字三文字のほうの久保田さんもいて、たまに誤配されるらしい」

「それは、謝っておいて」

「マンションがあるのは北千住だぞ。東京の足立区。秋宏が謝るのか?」と父が笑う。

「まあ、同じ郵便配達員として」

「わかった。謝っとくよ」

「窪田さん、誤配されたときはどうするの？　三文字の久保田さんの郵便物を自分のほうに入れられたとき」

「そっちの久保田さんの郵便受けに入れに行くと言ってた。一階にある集合ポストだから、ちょっとめんどくさいらしい」

配達員の僕がそんなことでこんなことを思ってはいけないが。窪田一恵さん。いい人かもしれない。誤配された郵便物を田島さん宅に届けてくれる加藤八重さんみたいな人かもしれない。

父平本芳郎や母伊沢幹子の再婚。初めてそれについて考えた。

そういうことは、あり得るのだ。父は五十七歳、母は五十五歳。どちらもまだ働いている。先は長い。このまま一人でいるという選択肢もあるが、誰かと暮らしをともにするという選択肢もある。父と母が復縁することは、もうないのだろう。だとすれば、自分たちにとっていいようにしてほしい。

「僕はいいと思うよ」と自ら言う。「お父さんがしたいようにして。いずれこっちには戻ってくるんだよね？」

「ああ。次の四月ってことは、なさそうだけどな」

「もし再婚とかいうことになるなら、ここに住みなよ」

「いや、だから、近々そうなるという話ではないよ」

「まあ、先のことだとしてもさ。僕はここを空家にしないために住んでるだけだから。お父さんが戻るならアパートを探すよ。局の近くに。とにかくさ、僕は再婚に賛成だから」

父は三が日を実家でのんびり過ごし、四日に鳥取へと戻った。

父に再婚の可能性がある。可能性があると父自身は思っている。案外ショックは大きかった。何なら、父と母が離婚したとき以上、かもしれない。離婚とちがい、再婚には家族以外の人が関わるから、なのだと思う。

年賀期間、局のほうでは何も問題は起きなかった。

大学が冬休みになると、五味くんは週五でアルバイトに入ってくれた。配達は短期アルバイトの高校生にまかせ、僕らとともに局内で区分をしたりもした。五味くんの区分は正確で速かった。さすが理系、と美郷さんにほめられていた。お前、機械より速いんじゃね、と谷さんにまでほめられていた。

一度、高校生が誤配した郵便物を引きとりに行く機会があった。その日は配達に出ていた五味くんに電話をかけ、お昼を一緒に食べた。寒いのに、みつば第二公園でだ。

コンビニの弁当とペットボトルの緑茶は、もちろん、僕がおごった。前にいた荻野くんにもそうしたことがあったから、五味くんもねぎらおうと思ったのだ。

僕は和風ハンバーグ弁当を、五味くんはシンプルな海苔弁当を選んだ。思わず言った。いや、遠慮しないでもっと食べなよ。おにぎりもどう？　焼きそばでもいいし。

遠慮しているわけではなく普段からあまり食べないのだと五味くんは言った。実際、いつもはおにぎり二個ですませているという。それで足りてしまうのだという。

三つあるベンチの二つに分かれて座り、それぞれにいただきますを言って、食べはじめた。先に口を開いたのは、意外にも五味くんだ。

「ぼく、また何かしちゃいました？」

「ん？　あ、いやいや、そういうことじゃないよ。たまには一緒にお昼でもと思っただけ。ごめん。変な勘ちがいをさせちゃったね。だいじょうぶ。五味くんは何もしちゃってない」

「じゃあ、よかったです」

それぞれに弁当を食べ、緑茶を飲む。

寒いことは寒い。が、五味くんも僕も防寒着を着ているから、体が冷えたりはしない。

バイクで走らない限りは、冷えきらない。風の冷たさよりは、むしろ陽光の暖かさを感じる。やはり外で食べるのはいいな、と思う。

「あらためて言うのも何だけどさ」と五味くんに言う。「去年、加藤さんに謝ってくれて、ありがとうね」

「はい」

五味奏くんによろしくね、と加藤八重さんに言われたので、話を聞いたことはすでに伝えていた。

「たすかったよ。苦情の芽を摘んでくれた」

「ぼくが、誤配をしちゃったので」

「あのとき、手紙を入れる前に訪ねてたの?」

「はい。でも加藤さんはいなかったから、メモに。次のときにしようかとも思ったんですけど、間が空くのもよくないので」

「そっか」

話しながら、弁当を食べ進める。和風ハンバーグ。いい。何がいいって、ハンバーグに載せられたおろしポン酢がいい。

「ぼく」と五味くんが不意に言う。「人が苦手なんですよ」

「苦手」

「はい。話すのが苦手というか。でも、学費のためにアルバイトはしなきゃいけないから」

「あぁ。それで配達か」

「はい。配達なら一人になれるだろうと思って」

「まあ、なれる時間は長いよね」

「はい」

「でも、書留なんかもあるから、まるっきり話さないわけにもいかない」

「はい」

「話して、るよね？」

「はい」

「よかった。話してませんて言われたらどうしようかと思った」

冗談であることは伝わったらしい。五味くんが微かに笑う。

「初めて一人で配達した日。書留は、すごく緊張しました。自分から行かなきゃいけないから」

「で、どうだった？」

「思ったよりは簡単でした。ハンコをもらって渡すだけだから、当たり前ですけど」五味くんは緑茶を一口飲んで、続ける。「ちょっと新鮮でした。自分より二十も三十も歳上の人たちに声をかけることなんて、それまでなかったから」

「二十三十どころか、五十も六十も上の人もいるしね」

「はい。みんな、どうもとかご苦労さまとか、普通に言ってくれて。なかには、あめとかをくれる人もいて」

「ありがたいよね。こっちは仕事をしてるだけなのに」

「はい」

ちくわの磯辺揚げ。その最後の一切れを食べて、五味くんが言う。

「人と話さなくていい仕事なんて、ないんですよね」

「ないんだろうね。ＡＩとか何とかで、これからはそんな仕事も出てくるのかもしれないけど。実際、どうなの？　そういうことは、理系の五味くんのほうがくわしいでしょ」

「よくわからないです。でも、会話ゼロは無理かと」

「だよなぁ」

「配達をやってみて、思いました。ちょっと気が紛れます、人と話すと」

「確かにそうだね。一人は気楽だけど、たまには会話もほしい。人間て、やっぱりそんなふうにできてるのかな」

弁当を食べ終える。ちょうど五味くんも終えたので、容器をひとまとめにし、コンビニの袋に入れる。で、二人、ゆっくり緑茶を飲む。

「寒いね」と僕が言う。

「寒いです」と五味くんも言う。「でも、気持ちいいです」

「うん。普通、人は知らないんだよね。真冬に外で食べる弁当の味を」

「はい」

「うまいよね。真冬の屋外弁当」

「はい。こないだ、谷さんにもおごってもらいました」

「え？ そうなの？」

「はい。やっぱり電話がかかってきて。メシおごるからみつば第二公園に来いって」

「ここだ？」

「はい」

「来いって？」

「はい」

谷さんらしい。あくまでも言葉づかいが。それ以外は、ちょっと意外。谷さんと五味くん。意外。でもよく考えてみると。荻野くんのときとちがい、谷さんの当たりは強くない。五味くんに優しい言葉をかけたりはしないが、キツい言葉を浴びせたりもしない。いい意味で、人を見ているのかもしれない。

「ぼく、五味になったのは大学からで、高校まではミドリカワだったんですよ。緑の川で、緑川。高三のときに母親が離婚したので」

「緑川奏くん、か」

「はい。名字が五文字まで長いから、名前は二文字にしたみたいです」

「あぁ。だから奏くん」

「はい。でも結局は名字まで二文字になりました。名前をつけるときは、母親も、先の離婚のことは考えなかったみたいで」

その冗談につい笑う。五味くんにしては毒がある。でも五味くん自身、笑っている。

「両親はぼくの高校卒業を待って届を出したので、三月でやっと一年です。少し五味に慣れてきました」

「アルバイトを始めたころは、まだ慣れてなかったんだ？」

「はい。五味って呼ばれても、すぐには反応できなかったり。これは大学でもそうです。

といっても、呼ばれること自体があまりないですけど」

「その大学とアルバイトの兼ね合いは、だいじょうぶなの？」

「はい。キツいけど、だいじょうぶです。二年生からは、たぶん、もっとキツくなります。だから、授業をうまくとります」

「もし無理だったら言ってね。週二がキツかったら週一にするとか、やりようはあるだろうし。五味くんはもう確実な戦力だから、課長も、週一ならダメなんて言わないと思うよ。その分夏休みなんかにたくさん入ってくれたら、僕らは充分たすかるからさ」

「はい。でもどうにかします。ぼく自身、やりたいので」

「そっか。なら、できる範囲でお願いします。じゃあ、そろそろ行こうか」

「はい」

「残りの配達、よろしく」

「はい」

コンビニの袋を手にベンチから立ち上がる。五味くんも続く。二人、バイクを引いて、みつば第二公園を出る。

五味くんと別れ、僕は局に戻った。で、区分。精密機械の五味くんにこちらをまかせて僕が配達をしたほうがよかったかもなぁ、と思いつつ、手を動かした。

その後、休憩時間には山浦さんと話をした。新作見てよ、と声をかけられたのだ。

新作。小波ちゃんの写真だ。たぶん、家のなか。一人で立ち、こちらを見ている。呼ばれて振り向いた感じ。何故か不安そうだ。そこがまたかわいい。

「これ、何でこんな顔になってると思う?」と山浦さんに訊かれ、

「わかんないです」と答える。

「正解は、僕が小波のプリンを隠したから」

「隠したんですか?」

「そう。一緒に買いに行って、家に帰って、隠した。あれ、小波、プリンがどこかに行っちゃったよって声をかけたら、その顔になった」

そして次の写真。今度は笑顔。満面の笑み。

「発見! プリン、出てきた! そう言ったときが、これ」

「何をしてるんですか」

「それ、ひかりにも言われたよ。何してるのよって。小波は撮影用のおもちゃじゃないって怒られた。そのあとに三人でプリンを食べてるときに決めたよ。思いきって、無理をすることにした」

「無理」

「うん。二人め。小波に弟か妹を持たせてやりたくなっちゃってさ」

「あぁ」

二人めは無理しなきゃ無理だなぁ、と前に山浦さんが言っていた、その無理だ。

「二人めが生まれたら新作の量も二倍になるから、そのときはよろしく。平本くんが見たくないと言うまでは見せるから」

「見たくないなんて言いませんよ」

「ならよかった。谷くんには言われたよ。でも見せてるけど」

そんなことを言いながらなおも小波ちゃんの写真を見ている山浦さんに、僕は言う。

「あ、そうだ。山浦さん」

「ん?」

「伝言があります。いいですか?」

「うん。何?」

「百波、大喜び!」


嵐の前の静けさ、があるように、祭りのあとの静けさ、もある。後者のほうは、さびしさ、と言い換えてもいい。

年賀期間が過ぎたあとのみつばの町が、ちょうどその感じになる。静かになった町で、静かに配達する。バイクの音は立ててしまうが、それも含めて静かだ。郵便バイクの音は町の音。静寂は破らない。

そして僕はハニーデューみつばに差しかかる。バイクを降り、一〇三号室と二〇五号室に配達する。そう。二〇五号室。出口愛加ちゃん宅。

封書をドアポストに入れる。底に当たるコトンという音が聞こえる。

で、階段を下りようとしたら、玄関のドアが開く。言われる。

「平本くん」

郵便屋さん、ではなく、平本くん。

はい、と、あぁ、が混ざり、

「あい」と言ってしまう。

「おつかれさま」

「どうも」

「今、だいじょうぶ?」

「うん。何か質問?」

「質問といえば質問かな」

「どうぞ」

「郵便のこと以外なんだけど」

「以外。まあ、どうぞ」

「平本くん、前に一度実家に電話をくれたよね？　かなり前。四年ぐらい前かな。お母さんから聞いてはいたの。小学校のときに転校した平本さんていう人から電話があったよって」

「あぁ。伝えてくれてたんだ？　お母さん」

「うん。連絡しないでごめん。ケータイの番号まで教えてくれてたのに」

「いや、いいよ。僕が勝手に電話しただけだから」

「わたし、あのころは誰とも連絡をとってなくて。そこへ平本くんだったから、何か驚いちゃって」

「確かに驚くよね。小三まで一緒だっただけの相手から電話。あやしいよ。僕でもそう思うと思う」

「別にあやしいと思ったわけではないんだけど。あれは、どういう電話だったの？」

「えーと、お母さんに言ったとおりで。どうしてるかなぁ、と思って」

何だかうそくさいので、正直に言う。

「セトッチに、あれこれ聞いてたんだよね。出口さんは早くに結婚して、何ていうか、いろいろあったみたいだって。それで、だいじょうぶかなぁって」

正直に言ったのに、やはり何だかうそくさい。

「あ、でも、別にセトッチが自分から言ったわけじゃないよ。僕が訊いちゃったから、セトッチは答えてくれただけで。事実ではないかもしれないって、ちゃんと言ってたし」

「それはわかるよ。瀬戸くんがおかしな噂を流すとは思わない」

「女子たちも出口さんの連絡先を知らなかった、の？」

「そう。新しいケータイの番号は誰にも教えなかった。お母さんにも、教えないでって言っておいたし。だから出口自殺説も出たみたい。知ってる？」

「うん。聞いた」

「そんなことは考えてないよ」

「え？」

「自殺しようと思ったことは一度もない」

「あぁ。じゃあ、よかった」

「ねぇ、平本くん」

「ん？」

「もうちょっとお話してもいい？」

「いいよ」と気軽に応じてしまったあとで、言われる。

「今ここでじゃなく、仕事のあとにどこかで」

「どこかで」

「ダメ？」

「いや、えーと」言ってしまう。「いいよ」


いいよ、と言ってしまったが。よくはない。

あのあと、平本くんの都合がいいときでいいから、と言われた。まったく急がないし、とも。

四年前に出口愛加ちゃんのお母さんに教えたケータイ番号は変わっていない。スマホに替えはしたが、番号はそのまま。出口愛加ちゃんも自分の番号を教えてくれた。僕のスマホに一度電話をかけるという形で。

だから今、僕のスマホには、出口愛加、が登録されている。昔の友だちなのだから、おかしくはない。が、僕自身にやや違和感がある。三好たまき、とのバランスがよくないのかもしれない。

で、そのたまきに呼ばれた。どこにって、四葉のバー『ソーアン』に。

呼ばれたと言いつつ、二人で一緒に行った。JRのみつば駅で待ち合わせ、私鉄の四葉駅までバスで行こうかどうしようかと話し合い、結局は歩いた。店までは三十分弱。たぶん、帰りも歩く。

金曜日ということもあり、バー『ソーアン』はいつもより混んでいた。午後七時にして、席の半分は埋まっていた。地味な四葉駅の前にある狭いロックバーとしてはなかなかのものだ。と、これは僕の意見ではなく、マスター吉野《よしの》草安《そうあん》さんの意見。でもって、おそらくこのまま一度も満席にはならずに深夜の閉店までダラダラいくでしょう。というのが、もう一人の店員である森田《もりた》冬香《ふゆか》さんの推測。

カウンター席に座り、ともにハイネケンを頼む。たまきはグラスに注ぐが、僕はボトルから直に飲む。以前はたまきもそうしていたが、三十歳になったのを機にグラス飲みに替えた。三十路女がボトルから直飲みはマズいでしょ、と言って。でも今も面倒になるとたまに直飲みする。そこは臨機応変にいかなきゃ、と言って。

五味くんが免許をとった四葉自教の益子豊士さんもここの常連だが、今日はその姿はない。たぶん、僕とちがい、明日が休みではないのだ。

そういえば、峰崎隆由さんもこの店に来たことがあるんだよなぁ、と思う。峰崎さん。110番通報のあの人だ。トレーラーのトレーダー。

冬香さんが僕らにハイネケンを届けてくれる。たまきの分は、グラスに注いでくれる。そして、ごゆっくりね、と去っていく。

「じゃあ、乾杯」とたまき。

「乾杯」と僕。

グラスとボトルで、カチン。それぞれに飲む。たまきは一口。僕は二口。

「あぁ。うまい。配達のあとのビールはほんとにうまいよ」

「翻訳のあとのビールもうまいよ」

ワンルームのアパート、カーサみつばで、たまきは翻訳の仕事をしている。一応、フリーランス。笑っちゃうくらい儲からないよ、と言いつつ、続けている。仕事をするときはメガネをかける。今はかけてない。メガネのたまきも、僕は結構好き。

「忘れないうちに渡すね」とたまきが言う。

「ん、何？」

「何って。チョコ。今日、何の日よ」

「あぁ、そうか」

付き合うようになってから、バレンタインデーはこのバー『ソーアン』に来ることが多い。今日はたまたま当日になったが、お互いの都合で、そうはならないこともある。たいていは前倒し。たまきがおごってくれる。そのおごりが、要するにチョコ代わりだ。

でも去年はチョコもくれた。このバー『ソーアン』で飲んだあとの帰り道。あ、そうだ、とたまきはコンビニに入った。そしてチョコを買い、くれたのだ。僕が好きなクランチタイプのそれを。愛があれば安いチョコでもおいしいのよ。たまきはふざけてそう言った。おいしかった。

「はい」

バッグから取りだした小さな箱を、たまきが僕に差しだす。

「ありがとう」

受けとる。きれいに包装された小箱だ。

「何か高そうだね」と僕。

「言っちゃうと、高い」とたまき。「六粒しか入ってないのに、三千円」

「ほんとに?」

「ほんとに。ええっと思いつつ、買っちゃった。がんばった」

「もらっておいて言うのも何だけど、そこまでがんばってくれなくても」

「値段を明かしちゃったよ」とたまきは苦笑する。「どうせならおいしく食べてもらいたいから。三千円て言われたら、絶対おいしいでしょ？」

「おいしいだろうけど。もったいなくて食べられないかも」

「そこは食べてよ」

「一粒五百円かぁ」

「そういう計算はしない」

「いや、しちゃうよ」

「去年は、ほら、帰りにコンビニで買って、あげたじゃない。二百円ぐらいのやつ。あのときに思ったのよね、やっぱりチョコあげるのは悪くないなって。それを覚えてたから、今年はこう」

「去年のあれも充分おいしかったよ」

「だからそういうこと言わない。一粒五百円を嚙みしめてよ」

「嚙めないよ」

「何それ」

「嚙まないで、最後までなめきっちゃうよ。アイスみたいに」

「まあ、それはご自由に。アキはアイス、いつもそうだもんね」

「チョコ、帰りに一粒食べるよ。というか、一粒ずつ食べよう」

「わたしはいいよ、あげた側なんだから」

「いや、食べようよ。そうでないと、感想を言い合えない」

「じゃあ、もらう。そのときはもう酔ってるから、六粒全部食べちゃったりして。三粒ずつ」

「それならそれでもいいよ」

つまみの野菜スティックを食べる。チーズの盛り合わせも食べる。たまきはモッツァレラとカマンベールが好きだ。僕はゴルゴンゾーラとチェダーが好き。だからここの盛り合わせはちょうどいい。

二杯めも僕はハイネケン、たまきはギムレットを頼む。

僕はたまきに、何となく山浦さんのことを話す。山浦さんと小波ちゃんのことだ。それから、命名の件で百波が喜んだことも。

「それは福江ちゃん、うれしいだろうね」とたまきは言う。「名前はうれしいでしょ。この先ずっと残るんだから」

山浦さんからの流れで、仕事のことも少し話した。配達のことだ。具体的には、加藤八重さんのこと。大貫先生や五味くんのことも絡めたあれこれ。仕事のことをそこまで細かく話したのは、たぶん、初めてだ。

「何、配達先の人とそんなことを話したりもするんだ」と、たまきは少し驚いた。

「これは珍しい例。そうあることじゃないよ。誰とでもそんな話をしてたら、配達は終わらない」

「でもたまにはあるんだね」

「本当にたまにね」

「アキならありそう。だって、小学校の職員室でお茶を飲んじゃうくらいだもんね」

「それもたまにだよ。あって年に一回」

「一回でも充分すごいよ」

そういえば、そのことは話していた。梅こぶ茶をたまきにあげたとき、つい話してしまったのだ。小学校の職員室で飲ませてもらったらすごくおいしかったから買ってきた、と。

「前も言ったけどさ、すごいのは先生たちだよ。郵便屋にお茶を出してくれる先生たち」

「出させちゃうアキもすごいよ」

「出させてないって」

「出してくれちゃうわけでしょ？　そうなるのがすごい。おかげでわたしまで梅こぶ茶が好きになった。四葉小にお礼の手紙を出したいよ。意味がわからないだろうね。何者とも知れないわたしからの手紙。梅こぶ茶を好きにならせてくれてありがとう」

「で、その手紙を僕が配達すると」

「それ、いい」

そして僕らはアボカドバーガーを頼む。バーのフードメニューということで千円を超える贅沢な一品だ。でもこれがうまい。高いだけあって、量もある。僕らはいつも一つを分け合って食べる。それでちょうどいい感じになる。

マスターの吉野さんがバーガーのパテを焼くあいだに、冬香さんが僕らの前にやってくる。

「平本くん。はい、これ」とカウンター越しに何かを差しだす。「カノジョさんの前で悪いけど」

「何ですか？」と受けとる。

個別包装のチョコだ。手のひらサイズで、袋は半透明。ハート型のチョコがうっすら透けて見える。

「バレンタインデーに来てくれたお客さんに、店として渡すことにしたの。発案はわたし。お金を出すのはマスター」

「いいんですか？」

「どうぞ。たまきちゃんも、どうぞ」

「え、わたしも？」

「もちろん。友チョコということで。それを言ったら、平本くんのも友チョコだけど」

冬香さんがたまきにも同じものを渡す。

「ありがとうございます」たまきはパテを焼いている吉野さんにも言う。「マスター、チョコいただきます」

「あぁ。食べて食べて。その代わり、これからも、平本くんを愛するのと同じくらい『ソーアン』を愛してね。いや、同じとまではいかなくていいから、その半分くらい」

「わかりました。愛します」

アボカドバーガーが届くと、それをたまきがナイフで切り分けた。

食べる。やはりうまい。コンビニの和風ハンバーグ弁当もうまいが、さすがにそれを超えてくる。レンジで温め直したものと今焼き上げたものの差は如実に出る。やられる。

うまいものを人と分け合って食べることで、やわらかな気持ちにもなる。

だからということでもないが。僕はたまきに父のことを話す。父に再婚相手というかその候補者というか、そんなような人ができたことをだ。

「そうかぁ」とたまきは神妙に言う。「まあ、そうなるよね。一人はさびしいもん。歳をとったら、今よりずっとそう感じると思う」

「それは、そうかもね」

「一人でいいっていうのとずっと一人でいいっていうのは、ちがうからね」

「うん」

「で、アキは言ったんだ？　再婚に賛成だって」

「言ったよ。実際、賛成だし」

そのことをたまきに言えて、何だかすっきりした。言えばいいのだ。仕事のことでも何でも。ただし、峰崎さんの件は言わない。あの１１０番通報の件はこれまでも言わなかったし、これからも言わないだろう。言えば、たまきは心配する。郵便配達員にも危険はあるのだと思ってしまう。

これに関しては、あとで自分でも思った。空き巣犯がなかにいるのに訪ねていったのは本当に無謀だったなと。無事ですんでよかったなと。あまりにも非日常的なことが起きたため、あのときの僕は、自分も含めた人の安全が第一、を忘れていた。今後もああいうことはあるかもしれない。気をつけなきゃいけない。

　峰崎さんの件について考えたことで、僕はこのことも思いだす。そう。忘れるところだった。

「マスター」と吉野さんに言う。「蜜葉ビールって、ありますか？」

「あるよ。去年から置くようになった」

　最近はもうメニューを見ないから気づかなかった。やはりあるのだ。思いだしてよかった。

「種類は、何があるんでしたっけ」

「蜜葉エールと四葉スタウト」

　峰崎さんが飲んでいたのが四葉スタウトだ、黒ビール。

「じゃあ、まずはエールをください」

「了解」

　そしてそのボトルが冬香さんの手ですぐに届けられる。蜜葉エール。ラベルを見る。エンジ色に黒文字。漢字で、蜜葉。その下に英語で、ALE。

「何？」とたまきに訊かれる。

「地ビール」と答える。「四葉に会社があるよ。配達もしてる」

「へぇ」

「みつば駅前の大型スーパーでも扱ってるらしいよ。前から飲んでみたかったんだ」

「いいね。蜜葉エールって言葉」

「僕もそう思った」

飲む。確かに、エール。一般的なピルスナーとは少しちがう。癖とも言えそうなコクがある。フルーティな感じもする。

「うまい」

「わたしも」

ボトルを渡す。たまきも直飲みする。臨機応変に。

「あ、ほんと、おいしい」さらに二口三口と飲む。「ちょっと高くても、これなら買いたくなる」

「じゃあ、今度スーパーで買っていくから、冷蔵庫に入れといて」

「入れとく。でもわたしが一人で飲んじゃうかも」

たまきの横顔をチラッと見る。ビールを飲んでいる。笑っている。人が笑っている顔は、いい。好きな人の笑顔なら、なおいい。

話す。

「みつばにさ、ハニーデューみつばっていうアパートがあるんだよね」

「ハニーデュー。蜜だ」

「うん」

さすが翻訳家。

「カーサみつばからもそんなには離れてないよ。まだ新しい」

「それで?」

「そこに、去年の四月、知り合いが引っ越してきた。昔の知り合い。小学三年のときの同級生。出口愛加ちゃん」

さん、でよかったような気もするが、ちゃん、と言ってしまう。そのほうが、小学校の同級生感が出る。

「アイカちゃん」

「うん。愛を加えるで、愛加」と、訊かれてもいないのに漢字の説明までしてしまう。

「転居届の名前を見たときに、もしかして、とは思ったんだよね」

「で、もしかしたんだ?」

「うん。本人だった。はっきりそうとわかったのは、かなりあとになってからだけど。

夏前ぐらいだったかな。書留の配達に行って顔を合わせて、わかった」

「声をかけた?」

「かけない。向こうは気づいてないみたいだったし」

「かければいいのに」

「いや、ほら、配達員として行ってるからさ。そこでいきなり、あなたの昔の知り合いです、みたいなことを言われたら、いやだよね」

「いやかなぁ。同級生ってことは友だちでしょ? 昔の友だちなら、いやではないと思うけど」

「でも一緒だったのは小三までだし、特に親しいわけでもなかったから」

「じゃあ、あれだ、そんなふうに再会しちゃってむしろ微妙な感じだ」

「というわけでもないけど」

「で?」

「その後も普通に配達してて。秋ぐらいに郵便のことを訊かれた。年賀ハガキのこととか、喪中ハガキのこととか。で、答えたあとに、平本さんですよね? って言われた。実は気づいてたみたいで。声をかけてくれればよかったのに、とも言われたよ」

「で、どうなった?」

「こないだ、といっても一ヵ月ぐらい前だけど。また配達のときに顔を合わせて。もうちょっとお話してもいい？　って言われた。僕が仕事を終えたあとにどこかでって」

「お話を、どこかで」

「うん」蜜葉エールを二口飲んで、言う。「実は四年ぐらい前に一度電話したことがあってさ。別に変な意味じゃなくて。ちょっと気になってたから」

「気になってた？」

「出口さん、二十歳そこそこで結婚して、すぐに離婚してるんだよね。相手が、手を上げる人だったみたいで」

「暴力をふるうってこと？」

「そう。そのことは友だちに聞いて知ってたから、何か気になってたんだ。出口さん、離婚したあとは誰とも連絡をとらなかったらしくてさ。実家に電話をかけてもつないでもらえない。連絡先も教えてもらえない。そんなことが続いて、自殺説まで流れたくらいで。だからさ、元気づけられはしないまでも、話ぐらいはできないかと思って。それで、実家に電話をかけた」

「そしたら？」

「やっぱりつないでもらえなかった。無理もないよ。あやしいもんね。小三まで一緒だったただけの元同級生男子からの電話、だから」

「あやしいね。アキを知ってれば、そうは思わないだろうけど」

「知っててもあやしいと思うよ。その時点で、別れて十五年ぐらい経ってたし」

「十五年かぁ。それは長いね」

「うん。長い」

「もしかして、初恋の人だとか？」

「え？　何で？」

「何でも何もないよ。そういうことでなかったら、逆におかしいじゃない。ただの元同級生なら、そうはならない」

「まあ、そうか」

「認めちゃうんだ」

「実際にそうだから。あ、でもあれだよ、小三のときに好きだっただけだよ。今さらどうこうっていうのも、もちろん、ないし」

「今さらどうこう、があるなら、こんなとこでわたしに話してないでしょ」

「そう、だね」

「もうちょっとお話してもいい？　って愛加ちゃんに言われて、アキは何て言ったの?」

「都合がいい日があったら電話するよって」

「で、何、もう一ヵ月経ってるの?」

「一ヵ月近く、かな。都合がつかないというか、どうしようかと思って」

「で、わたしに話してくれたわけだ」

「うん」

「話してくれたってことは、愛加ちゃんに会って話を聞いてあげたいと思ってるってことだよね?」

「いや、それは」

「会わなくていいと思ってるなら、言わないでしょ」

たまきが僕の前にある蜜葉エールのボトルを手にする。飲む。

「ほんと、おいしい」

すぐに渡してくるので、僕も飲む。

「うん。うまい」

「ちょうどバレンタインデーだから言っちゃうけど」

「ん?」

「男女は関係ない。友だちは友だち」

「何?」

「わたしさ、そんなふうに人を思いやれるアキのこと、好きだよ」

「あぁ。ありがと」

「愛加ちゃんに自分からは声をかけなかったっていうその優しさも好き。それは、わたしの下着が風で飛ばされたときに、現物を直接持ってきたり下着だと言ったりはしないで、ただ洗たく物が飛ばされたと伝えてくれたあの優しさと同じだよね」

「うーん。どうだろう」

「わたしは同じだと思う」

「そう言ってもらえるなら、そういうことで」

「わたしはアキがくれた梅こぶ茶も好きだし、この蜜葉エールも好き。好きって、そういうことでしょ」

「えーと、どういうこと?」

「好きな人が好きなものはたいてい自分も好き、みたいなこと。だからその愛加ちゃんのことはわたしもたぶん好きってこと」

「あぁ」

「あぁ、じゃないよ。こういうところであんまり好き好き言わせないでよ」

そしてたまきは体を少し傾けてカウンターの下を見る。

「どうした?」と尋ねる。

こんな答がくる。

「いや、ほら、こんなときカップルはカウンターの下で密かに手をつないだりするのかなぁ、と思って。してこないなぁ、と思って」

「じゃあ、する?」

「いい。そうされたら、わたし、笑っちゃう」

「もう笑ってるけど」

「アキも笑ってるよ」

確かに僕は笑っている。たまきも笑っている。

カウンターの内側にいる冬香さんまでもが笑っている。笑顔でこちらを見ている。

見られた。ちょっと恥ずかしい。照れ隠しに僕は言う。

「冬香さん」

「はい?」

「四葉スタウトを」

平本の通区は神通区だと谷さんは言った。僕が五味くんの通区をしたときに。まったくもって、大げさだ。冗談にしても、大げさだ。僕の通区は普通。可も不可もなし。ゆえに結果として、可。不可ではないから、可。その程度だと思う。

特別なことは何もしない。配達コースを教え、家ごとの注意点があればそれも教える。例えば、このお宅の郵便受けには裏の蓋がないから勢いよく入れると地面に落ちるおそれあり、とか、このお宅の犬はこちらを油断させておいて急に吠えることがあるから心せよ、とか。そういうことは案外バカにできない。実際、郵便物が地面に落ちたあとに雨が降ることもある。急に犬に吠えられると、人は本当にあせる。

でも、まあ、そんなのは誰でも教えること。普通。それこそが通区なのだ。神も何もない。神通区なんてものもない。

ただ、配達をしていると、ごくまれに神に出会うことがある。受取人さんだ。

蜜葉市ではどの辺りにその神がいるかと言うと、四葉にいる。番地まで言うと、四葉五一。今井《いまい》博利《ひろとし》さんだ。たまきが住むカーサみつばの大家さんにして元管理人さん。

今井さんは、僕ら配達員にいつも缶コーヒーをくれる。ただくれるだけじゃない。夏はアイスを、冬はホットをくれる。夏のアイスはわかる。でも冬のホット。これは普通できない。今井さんだからできる。自宅で缶のまま温めて飲む必要がないから、人は保温庫を買わない。今井さんは買うのだ。買って、わざわざ温めてくれるのだ。僕ら配達員のために。初めは、すごい、ホットだ、と思う程度だったが、そのカラクリに気づいたときはかなり感激した。今井さん自身が僕に明かしたわけではない。何度も頂くうちに、ようやく気づいたのだ。

今井さん宅は高台の端にある。庭が広い。青い横長のベンチが置かれ、みつばの町を眺められるようになっている。いつでも休んでいいよ、と今井さんは言ってくれる。

美郷さんが異動してきた日に僕が四葉の通区をしたのだが、そのときは、何と、焼きそばをごちそうしてくれた。その広い庭に用意した鉄板でつくった焼きそばだ。郵便配達員のランチが、キャンプ感に満ちた鉄板焼きそば。あり得ない。

というわけで、神はいるのだ。四葉五一に。

その神のお孫さんが貴哉《たかや》くん。今井貴哉くんだ。四葉小の四年生。担任は、鳥越あらため青野幸子先生。

土曜日の午後なんかに今井さん宅で休憩させてもらうときは、この貴哉くんと一緒になる。バイクの音が聞こえると、貴哉くんは冬でも庭に出てくる。今日もそう。あらかじめホットの缶コーヒーを手に、出てきてくれる。ありがたい。神の孫も神。

一年生のときから知っているが、貴哉くんはもう四年生。大きくなった。母容子《ようこ》さんに編んでもらった白いニット帽を、今はもうかぶってない。そういうのが恥ずかしい歳になったのか。でなければ、単に頭も大きくなったのか。

「はい」と貴哉くんが缶コーヒーを差しだしてくれる。

「ありがとう」と受けとる。

僕がいつも飲むのと同じ銘柄。微糖タイプ、とそこまで同じ。さすがは神の今井さん。といっても、これは偶然。今井さん自身、その缶コーヒーが好きなのだ。箱でまとめて買っている。普段は豆を挽いて淹れたコーヒーを飲む。でも缶コーヒーは缶コーヒーで好きなのだという。その好きなものを惜しげもなく僕らに与えてくれるのだから、本当にありがたい。

と、そこまで考え、初めて思う。今井さん、もしかして、実は缶コーヒーはそう好きでもない、なんてことはないですよね？　僕らに気をつかわせないよう好きだと言ってるだけ、なんてことは、ないですよね？

貴哉くんは、南国系の果物が好きだ。というよりも、その果物のジュースが好き。でも今日自身に用意したのは、マンゴージュースでもグアバジュースでもない。僕と同じものだ。微糖の缶コーヒー。

青い横長のベンチに並んで座る。貴哉くんが右。僕が左。何となく位置も決まっている。回を重ねると、何故かそうなるのだ。

「いただきます」と言い、缶のタブをコキッと開ける。

「いただきます」と貴哉くんも続く。

「今日は缶コーヒーなの?」と尋ねてみる。

「うん。最近はよく飲む。試しに飲んでみたら、おいしかったから。お母さんは、コーヒーはまだ早いって言うけどね」

「今井さんは?」

「いいんじゃないかって」

ならいいんじゃないか、と僕までもが思ってしまう。今井さんが言うなら、と。

温かいそのコーヒーを飲みながら、みつばの町を眺める。柵と数本の木があるが、邪魔にはならない。角度的に、四葉とみつばを区切る国道は見えなくなる。でも車が行き来しているのはわかる。走行音が聞こえるというのでなく、幹線道路全体としての気配が伝わってくる。

左方に、三十階建てのマンション、ムーンタワーみつばが見える。建てられた当初は異物感を覚えたが、今はもう慣れた。時を経て風景に溶けこんだのだと思う。

いずれこの四葉にもあの手のマンションが立つかもしれない。もしかすると、それはそう遠い話でもない。現にセトッチが勤める不動産会社も四葉でのマンション建設計画を進めている。

「こないださ」と貴哉くんが言う。「バレンタインがあったでしょ?」

「うん。バレンタインデー」

先週だ。僕がたまきとバー『ソーアン』に行った日。それからは八日が過ぎている。

「ぼくね、曽根弥生《そねやよい》ちゃんからチョコもらった」

「え? 曽根弥生ちゃんて、あの曽根弥生ちゃん?」

「そう」

知っている。貴哉くんが好きな女子だ。

二年前のバレンタインデーに、貴哉くんは初めて女子からチョコをもらった。そのことを、僕に話してくれた。相手は磯貝凜《いそがいりん》ちゃん。でも貴哉くんが好きなのは曽根弥生ちゃんだった。その曽根弥生ちゃんは誰にもチョコをあげなかった。だから、誰が好きなのかはわからなかった。

去年のバレンタインデーにも、貴哉くんはチョコをもらった。今度は二人から。的場《まとば》圭香《けいか》ちゃんと井手真昼《いでまひる》ちゃん。ただし的場圭香ちゃんからのそれは義理チョコだ。的場圭香ちゃんは三学期終了後に転校するので、男女を問わずみんなにチョコをあげたのだという。だから、もらったのは実質一個。井手真昼ちゃんからのそれは本チョコだ。クラスが替わったので、磯貝凜ちゃんからはもらえなかった。そして幸いクラスは替わらなかったが、曽根弥生ちゃんからはやはりもらえなかった。曽根弥生ちゃんは去年も誰にもあげなかったのだ。

それがついに。

「よかったね」

「よかったことはよかったけど」

「何かあるの?」

「曽根弥生ちゃんは二個あげた」

「え?」

「ぼくだけじゃなくて、オオサワタイヨウくんにもあげた」

自分が配達しているからわかる。大沢太陽くん、だろう。

「あぁ。二個」

そのせいで喜びは半減、ということか。いや。新たな苦悩が生じた、ということかもしれない。

「どちらが上とかいうことは、ないんだよね？」

「ない。どっちも好きなんだって」

どっちも好き。すごい。小四女子だからこそ堂々と言えることだろう。

「でも、よかったじゃない。曽根弥生ちゃんも、どうしようか悩んだんじゃないかな。

本当に、貴哉くんのことも大沢くんのことも好きなんだと思うよ」

「うん」

「大沢くんは、同じクラスの子？」

「そう。イケメン」

「貴哉くんだってイケメンだよ」

「郵便屋さんほどじゃないよ」

「いやいや。僕はイケメンじゃないよ」

「春行に似てるのに？」

「似てるだけ。向こうはイケメンかもしれないけど、僕はそうじゃないよ。れっきとしたニセ者」

貴哉くんは微糖コーヒーを飲んで、言う。

「大沢くんとは仲いいから、まあ、いいけど」

「そうか」

ならよかった。そんなことで友だちと仲が悪くなったりしてほしくない。そんなこと、なんて言ってはいけないが、少なくとも、小四でそうはなってほしくない。

「鶴田《つるた》くんはどうだったの?」

鶴田優登《ゆうと》くん。貴哉くんと一番仲がいい子だ。

「鶴田くんは同じクラスのミツナガコノハちゃんにチョコもらった」

やはりわかる。光永木乃葉ちゃん、だろう。

「それで、付き合ってる」

「付き合ってる!」とつい大きな声を出してしまう。「って、何?」

「みつばで一緒にハンバーガー食べた。二人でバスに乗って行ったの。駅前のでっかいスーパーにあるハンバーガー屋さん」

「まだ八日しか経ってないよね? バレンタインデーから」

「次の日の土曜に行ったの」

「あぁ。すごいね、鶴田くん」と素直な感想が洩れる。

「うん。鶴田くんはすごい。でもハンバーガー食べようって誘ったのは木乃葉ちゃん」

「そうなの？」

「そう」

うーむ。女子。

「そしたら今度はカメカワココエちゃんも鶴田くんをハンバーガーに誘った。ココエちゃんもチョコあげてたから」

亀川心絵ちゃん、だろう。

「鶴田くん、二個もらってたんだ？」

「そう。今年も二個。だからすごい」

「それで、鶴田くんはどうするの？　心絵ちゃんとは」

「行くみたい」

「そうなの？」

「そう」

うーむ。男子。

「わたしもチョコあげたのに木乃葉ちゃんとだけ行くのは不公平だよって、心絵ちゃんに言われたんだって。だから行くの」

「あぁ。そうなんだ」

「でもカシハラオウタくんが心絵ちゃんのこと好きなんだけどね」

柏原王太くん、だろう。

と、そこで訊いてしまう。郵便配達員として、確認のために。

「その王太くんてさ、カシワバラくんじゃないの？」

「じゃない。カシハラくん。いつもまちがわれるんだって。カシワバラくんとか、カシワラくんとか」

そうだろう。僕もまちがえてた。初めから疑わなかった。あぶないあぶない。聞いてよかった。受取人さんの名前はまちがえたくない。

貴哉くんが話を戻す。

「でも心絵ちゃんは、柏原くんじゃなくて鶴田くんが好きなの」

「鶴田くんが心絵ちゃんともハンバーガーを食べに行くことを、木乃葉ちゃんは知ってるの？」

「知らない。ナイショ」

うーむ。男女。

貴哉くんたちはまだ小四。それでのこれはすごい。感心せざるを得ない。僕が小四のときも、もちろん、バレンタインデーはあった。チョコのやりとりも行われていた。ほぼ男女間のみ。友チョコのようなものはまだなかった。そのあとの付き合う付き合わないもなかった。チョコをあげる。チョコをもらう。それでどちらも満足していた。

「今ね、付き合うのが流行ってんの」と貴哉くんが言う。

「流行って、るの？」

「うん。ぼくのクラスのナカセテッペイくんはウチノカノンちゃんと付き合ってる」

中瀬鉄平くんと内野花音ちゃん、だろう。

「その二人も、やっぱりハンバーガーなの？」

「スーパー。四葉のハートマート」

「あぁ。ハートマート」

「あそこ、座って食べられるとこがあるでしょ？　そこでアイス食べた」

アイス。ならいい。健全だと認められる。好感が持てる。

それにしても、流行ってるというのはすごい。逆にその言葉でちょっと安心する。流行ってるということは、つまり当たり前ではないのだ。小四で付き合うのが当たり前では困る。いや、別に困りはしないけど、大人として、何だか落ちつかない。

それにしても、僕はくわし過ぎる。四葉小児童の恋愛事情を知りすぎてる。でも貴哉くんが教えてくれるのだからしかたがない。それがまた楽しいのだからしかたがない。

ただ、貴哉くんはもう小四。子どもっぽいニット帽はかぶらなくなり、微糖の缶コーヒーを飲むようになった。楽しいバレンタイン情報を僕なんかに明かしてくれるのも、これが最後かもしれない。

コーヒーを飲み干して、貴哉くんに言う。

「じゃあ、もう行くよ。ごちそうさま」

「はい、ごみ」と貴哉くんが手を出す。

「いいの？」空き缶を渡す。「ありがとう」

二人、ベンチから立ち上がる。僕が駐めたバイクのほうへ歩く。

そこで家から今井さんが出てくる。いつもそう。僕から空き缶を受けとるために出てきてくれるのだ。でも今日は貴哉くんが今井さんにそれを渡す。

「いつもすいません。ごちそうさまでした」

「いえいえ。寒いのにご苦労さん。トイレはだいじょうぶ？」

「はい」

「つかいたかったら言ってね」

「ありがとうございます」

ヘルメットをかぶってバイクに乗り、エンジンをかける。今井さんと貴哉くんに頭を下げ、今井家をあとにする。今井家というよりは、今井神社を。

冬の四葉を走る。真冬、はもう過ぎた。まだまだ寒いが、気持ちいい。気持ちはいいが、凄は出る。まだまだ出る。

四葉クローバーライフ、蜜葉ビール、昭和ライジング工業、四葉自動車教習所、と配達をこなす。そしてここへ差しかかる。そもそもは空地だった場所。その後トレーラーハウスが置かれた場所。その後それがなくなり、あっという間に家が建てられた場所。峰崎隆由さん宅。

トレーラーハウスは、文字どおり一日で姿を消した。あの家、なくなっちゃったよ。と、四葉を担当することが多い美郷さんからそう聞いた。すぐに峰崎隆由さんの転居届が出された。転出先は東京の千代田区。便のいい場所なのだろう。

後日、工事が始まったよ、とやはり美郷さんから聞いた。で、あっけなく家が建てられてしまった。そして再び転居届が出された。今度は転入。しかも二人。峰崎隆由さんと峰崎美織さん。あぁ、と思った。お二人、よりを戻したのだ。結婚したのだ。

で、今日は書留がある。だから訪問する。いすゞベレットのわきにバイクを駐め、玄関に向かう。ドアのわきにあるインタホンのボタンを押す。

リロリロリロリロ。

あ、このタイプ、と思っていると、すぐに声が聞こえる。男声だ。

「はい」

「こんにちは。郵便局です。峰崎隆由様に書留をお持ちしました。ご印鑑をお願いします」

「はい。ちょっと待って」

プツッ。

十秒ほどでドアが開く。空き巣犯ではない。峰崎隆由さん本人。驚きが顔に出る。あ、春行！　の驚きではない。配達員が僕であったことへの驚きだ。

「おぉ。郵便屋さん。久しぶりじゃん」

「どうも。お久しぶりです」

本当に久しぶり。顔を合わせるのは、110番通報後に訪ねたとき以来だ。

「こちらにご印鑑をお願いします」

峰崎さんがそこに印鑑を捺してくれる。

「はい」

「ありがとうございます」

配達証をはがし、あらためて書留を渡す。

「よかった。これ、待ってたのよ」

「そうですか」

「家を建てるとさ、やんなきゃいけないことが多くて。この届も出せ、あの届も出せって」

「大きいですね、家」

「まあ、土地は広いわけだから、どうせなら家もデカくしちゃおうと思ったの」

「お部屋、いくつあるんですか？」

「六つ。６ＬＤＫ」

「６！」

「といっても、一つは完全に物置だし、仕事部屋も必要だし。あとは、もし子どもができたら、その部屋もなきゃいけないしね。おれさ、結婚したのよ。郵便屋さんには話したよね？　美織のこと」

「伺いました」

「ここに家を建てるからって、プロポーズしたよ」

「おぉ」

「だからトレーラーハウス暮らしはおしまい。あれはあれで悪くなかったんだけど」

「どうしたんですか？　あの家は」

「売っちゃった。あんまり高くはとってもらえなかったよ。窓も玄関も替えたのに」

「お車はそのままなんですね」

「あれはね。別に替える必要もないし。車庫なんかは、追い追い造っていこうと思ってる。まずは家。さすがにさ、セキュリティは万全にしたよ。二階にもシャッターをつけたし、窓自体も玄関のドアも頑丈にした。警備会社とも契約した」

「あの犯人は、捕まったんですか？」

「そうそう、捕まった。やっぱやるね、日本の警察は」

「じゃあ、盗られたお金は」

「それはまだ。たぶん、ほとんど返ってこないな。そいつはほかに何件もやってたみたいだし。回収はできないよ」

「キツいですね」

「まあ、授業料を払ったと思えばね。防犯はきちんとしなきゃダメ。それを教えてもらったよ」

「高く、ないですか？　授業料」

「高い、のかな」

まちがいなく、高い。防犯はきちんとしなきゃダメ。そのくらいのことは、五十万円を払わなくてもわかる。

「覚えてる？　ここに家を建てればって、郵便屋さんが言ったんだよ」

「そう、でしたっけ」

「そう」

「すいません。軽はずみなことを」

「いやいや。言ってくれてよかった。それでおれも決心がついたよ。ばあちゃんが遺してくれた土地を無駄にしたくないしね。空き巣に入られた場所に建てられた家に住むのはいやかとも思ったけど、美織もいいって言ってくれた」

ならよかった。僕も、自分が配達する場所に悪い印象を持ちたくない。空き巣に入られた結果、受取人さんが出ていってしまった場所、との認識を持ちたくない。

「一年前はさ、こんなことになるとは思わなかったよ。空き巣に入られて、美織と結婚して、家を建てて。ほんと、わかんないもんだわ。この先も気をつけなきゃ。ドカンと大損を出さないように」

「万が一そうなったら、郵便配達をしてくださいよ」

「あぁ」と峰崎さんは笑う。「そんな話もしたね。そうだな。やるよ、そのときは」

「お願いします」

　では失礼します、と言いかけて、とどまる。代わりに言う。

「そういえば、飲みましたよ。四葉スタウトと蜜葉エール」

「あ、そう」

「はい。どっちもおいしかったです」

「だよね。あれはうまい。おれもこれでもう完全にここの地元民だからさ、蜜葉ビールから直《ちょく》で買っちゃおうかと思うよ」

「会社に現物は、ないんじゃないですかね」

「まあ、そうか。四葉のハートマートに置いてくんないかな。今度頼んでみるか。お客様の声、みたいな投書箱に入れんの。地元なんだから蜜葉ビール置きましょうよって」

「それは、いいかもしれないですね」そして言う。「すいません。何か余計なことを。では失礼します」

「どうも。ご苦労さん」

　一礼して、去る。バイクに乗って、走りだす。

　峰崎さんが言っていたとおり。本当に、わからないものだ。自分が110番通報することもある。その現場に家が建てられることもある。トレーラーハウスに根が生えて

6LDKの家に変わることもある。

何にしても、通報してよかった。あそこで通報する決断ができてよかった。


みつば中央公園で配達途中に休憩することはあまりない。

平本秋宏として休憩することはある。深夜にたまきと。バー『ソーアン』で飲んだ帰り。歩いてみつばに戻ってきたときなんかに。酔い醒ましに。

今は深夜ではない。午後八時すぎ。隣にいるのもたまきではない。出口愛加ちゃん。

みつば第二公園やみつば第三公園とちがい、みつば中央公園は広い。遊歩道も東屋もある。池も広場もある。ベンチも多い。特に池の周りは多い。今は止められているが、その池には噴水もある。その辺りは園内灯も多いので、夜通し明るい。

一つのベンチに、出口愛加ちゃんと並んで座っている。みつば第二公園で誰かと座るときのように隣のベンチに座ることはできない。ベンチ同士が離れすぎているのだ。だから隣のベンチに座ると話がしづらい。

「ごめんね、こんな時間になっちゃって」と出口愛加ちゃんが言い、

「こっちこそ、仕事のあとに来させちゃって、ごめん」と僕が言う。

「でもこのほうがよかった。わたしたちがお休みを合わせてお店かどこかでお昼に会うっていうのも、変だもんね。だから夜の公園でっていうのも、微妙だけど。何か中学生みたい」

「確かに。でも今自分が中学生なら、補導されるんじゃないかってビクビクしてると思うよ」

「八時でも、補導、されるの？」

「わかんないけど」

五日前、出口愛加ちゃんに電話をかけ、遅くなってごめん、と言った。もういつでもだいじょうぶだから、出口さんが都合のいい日を教えて、と。

で、今日になった。場所はこのみつば中央公園。出口愛加ちゃんも僕も歩いていける。会ったあとも出口愛加ちゃんは歩いて帰れる。だからここにした。

今日出口さんと会うよ。とたまきには伝えた。メールでではなく、電話で。

あ、何、ちゃんと教えてくれるんだ？　と、たまきは電話の向こうで笑った。わたし、心配はしてないよ。アキが暴走するとは思ってない。

その言葉に僕も笑った。電話してよかったな、と思った。何というか、気持ちがほぐれた。

「こうやって外で会ってみるとさ」と出口愛加ちゃんは言う。「別に話すことなんて何もないような気がするよ。自分で話したいと言っておきながらこんなこと言うのも何だけど。要点ていうか、大まかなことは、アパートの前で話しちゃったし」

「そうか」

「でも話すね。どうせなら正確なことを知ってほしいから」

「うん」

「わたし、結婚してたときはカワムラだったの。さんずいの河のほうで、河村。相手はキョウ。京都の京で、河村京。結婚したのは、ぎりぎり二十歳のとき。すぐ二十一になった」

「河村さんは、歳上なの?」

「四つ上。結婚したときで、二十四か」

「それでも、若かったんだね」

「そう。どっちも若すぎた」

「何をしてる人?」

「会社員。かなりいい会社に勤めてる」

出口愛加ちゃんは社名を挙げた。誰でも知っているIT企業だ。

「その人が、手を上げるんだ?」

「といっても、毎日殴られるとか、ひどく殴られるとか、そういうことではないの」

「でも、ダメだよね」訊く。「お酒が絡んだりするの?」

「しない。そもそもあんまり飲まない人だから」

飲まないからいい、という話でもない。飲むから手が出る。飲まないのに手が出る。どちらもダメだ。

「どうしても我慢できないことがあると、手が出る。強めのビンタとか、そういう感じ。時間が経てば痕は消える。それで次の日に、謝る」

「謝るんだ?」

「そう。そのときは、たぶん、ほんとに悪いと思ってる。でも何日かしたら、また手が出る。で、また謝る。そのくり返し。もう無理だと思った」

「別れたのは、いつ?」

「二十四になる少し前かな。だから、続いたのはほぼ三年。でも実質二年。最後の一年はもう別居してたから。わたしがマンションを出て、実家に戻った。早めにそうしてよかった。すんなり別れられたから」

「離婚したあとも、何かあったの?」

「やり直したいっていうメールと電話がきた。結構たくさん。だからケータイは替えた。それで収まったと思ったら、何年かして、実家に電話をかけてくるようになった。出ないようにしてたら、今度は直接押しかけてきた」

「で、どうしたの？」

「もう最後も最後のつもりで言った。次は警察に言うからって。そしたら、一瞬すごい顔になって。また殴られるんじゃないかと思った。でも、何もされなかった。頼むからケータイの番号だけは教えといてくれって言われた。変な形で終わりたくないからって」

「変な形」

「一方的に拒否されてるのがいやだったたみたい」

「あぁ」

「だから、教えた。終われるならと思って。一度でもかけてきたら着信拒否をするつもりで」

「かけてきた？」

「去年、一度だけ。元気？　どうしてるかと思って。なんて言ってた。何ごともなかったみたいに。元気。どうもしてない。そう言って、すぐ切った。で、着信拒否」

「今は、だいじょうぶなの?」

「うん。だいじょうぶ」

「じゃあ、よかった」

「もしあの人が今のアパートのことを知ったとしても、もう押しかけてきたりはしないと思う。そうされたらわたしも即通報するし、あの人の会社にだって言うつもり。いい会社に勤めてるから、仕事を棒に振るようなことはしないはず。会社とか出身大学とか、そういうのを誇りにしちゃう人なの。まあ、二十歳そこそこだったわたしも、まさにそういう部分に惹かれちゃったんだけど」

出口愛加ちゃんがふうっと息を吐く。三月初めの夜。息はまだ白い。園内灯で明るくても、夜は夜。息はきちんと白くなる。

「実家に住んでたときはね、小さい会社で事務をやってたの。でもそこはもういいかと思って、今の洋菓子屋に移った。むしろ実家を出るために仕事を替えた感じ」

「それで、ハニーデューだ」

「そう。結果的に、動いてよかった。今の職場には何でも話せる先輩もいるしね。かなり先輩。本人がそう言っていいって言うから言っちゃうけど、おばちゃん。仕事以外の話も聞いてくれて、すごく頼りになる。でね、わたし、そこに勤めるようになって、初めてクレジットカードをつくったの。それを届けてくれたのが平本くん」

「あの書留が、そうだったんだ?」

「そう。仕事を替えて、みつばに引っ越して、昔の友だちに会えて。ほんと、動いてよかった。やっとものごとがうまくまわりだした気がする」そして出口愛加ちゃんは言う。「と、まあ、これがすべてかな。思ったより大したことないでしょ?　どこにでもあるような話」

話は終わった。たぶん、人はこの手のことで他人にすべてを包み隠さず話したりはしない。が、少なくとも、出口愛加ちゃんは自身がしたい話をすべてしたし、僕も聞きたい話をすべて聞いた。

「それにしても、驚いたよ。平本くんが郵便屋さんとして現れたとき」

「僕も驚いたよ。出口さんが受取人さんとして現れたとき」

「絶対にわたしのほうが驚いたと思うな。そこは自信あるよ」

実際、そうだろう。僕は、知り合いが受取人さんとして現れることもあると普段から思っている。でも出口愛加ちゃんにその感覚はない。そこへ知り合いがいきなり書留を届けに来るのだ。それは驚く。

「わたしがあの出口愛加じゃないかと思ってたって、言ってたよね?」

「うん」

「だったら、やっぱり声をかけてくれればよかったのに」

「用もないのに声はかけられないよ。個人情報を私的に利用したことになっちゃう」

「なっちゃう?」

「出口さんがそれを不快と感じたら、なるでしょ」

「不快とは感じなかったよ」

「それはありがたいけど。でも僕はそのことを知りようがないしね」

僕らの前を犬と飼主が通る。小さな柴犬と五十代ぐらいの男性だ。柴犬は僕らを見ながら、男性は池を見ながら、歩いていく。この時刻でも犬の散歩はするんだな、と思う。

「平本くんはこれ覚えてないと思うけど」

「何?」

「小三の夏休みにも、わたしたち、こんなふうに公園で二人きりになってるんだよ。それでね」

「アイスを食べたんでしょ?」とそこは僕が言う。

「覚えてるの?」

「覚えてるよ。女子とそんなふうになったのは初めてだから。コンビニで会ったんだよね？　偶然」

「そう。わたしが平本くんを見つけたの」

「いや。たぶん、先に見つけたのは僕だよ。恥ずかしくて、声をかけられなかった」

「わたしも恥ずかしかった。会っちゃった、どうしよう、と思った」

「そうは見えなかったよ」

「公園でアイス食べようって言ったしね」

「うん」

「そこはがんばったよ。クラスメイトなのに何もしないで別れるのも気まずいなと思って。結果、公園で二人でアイス。緊張したなぁ」

「やっぱりそうは見えなかったよ」

「見えなかったも何も、平本くん、ほとんどわたしを見なかったじゃない」

「見られないよね、それは。代わりに、アイスを食べることに集中したよ。それが自分の仕事だと思って、最後までアイスをなめきった。一度も噛まないで」

「わたし、それをほめなかった？」

「ほめてくれた。うれしかったよ。これは自分の特技なんだな、と思った。去年アイスを食べたときも、試しにやってみたんだよね」

「できた？」

「できた」

「特技だ、今も」

「うん」

「アイスを食べ終えるとさ、それが入ってた袋と棒が残るじゃない。あのとき、平本くん、はいってわたしに手を出したの。ごみ、僕が捨てておくよって。わたし、ちょっと驚いた。優しいんだなって思った。あれ、たぶん、家まで持ち帰って捨ててくれたんだよね。あの公園はこんなに広くなくて、ごみ箱なんてなかったし」

「僕、そんなことした？」

「した」

「それは、覚えてないな」

そして話は飛ぶ。いきなりこう訊かれる。

「平本くん、カノジョはいるの？」

「いるよ」と答える。

「そりゃいるか。顔は春行で、そのうえ優しいんだもん。いないわけないよね」

「顔は春行かもしれないけど、優しくはないよ」

「優しくなかったら、今ここでわたしの話なんて聞いてないよ」

「いや、そんなことは」

「訊いていい？　カノジョはどんな人？」

「歳上。二コ上」

「仕事は？」

「翻訳をやってるよ。フリーで」

「すごい」

「すごくない。って、これは自分で言ってる。実際、楽ではないみたい。住まい兼職場のワンルームで仕事をしてるよ。で、そのワンルーム、実はみつばにある」

「そうなの？　みつばの人ってこと？」

「そう。だから僕が配達もしてる」

「付き合って長いの？」

「四年かな」

「四年！」

「長い？」

「長いでしょ。わたしの結婚より長い」と少し毒のあることを言って、出口愛加ちゃんは笑う。そして寒そうに両手をこすり合わせる。

もう行く？　と言おうとしたところで、先に言われる。

「ねぇ、平本くん、もしもだけどさ」

「うん」

「もしもわたしがあの人にここの住所を知られて手紙が来たりしたら、そのときはそれを返しちゃってほしい。なんてお願いはできる？」

「局に来た段階で止めちゃうっていうこと？」

「そう。それであの人に返してもらう」

「それは、無理かな。自宅に届いたものを未開封のまま受取拒否してもらうしかないよ。僕らの仕事は、あくまでも配達をすることだから」

「平本くんが担当のときだけでもダメ？　河村京からわたし宛のものが来たら、返しちゃってもらえない？」

「ごめん。無理だよ。それは、僕らがやっていいことじゃない」

気がついたらやっておくよ、くらいのことは言えばいいのかもしれない。僕がそう言うだけで、出口愛加ちゃんは少し楽になるのかもしれない。でも言えない。例えばたまきに同じことを頼まれたとしても、断るだろう。

「って、今のなし。忘れて。無理を承知で言っただけだから。ありがとう。すっきりした」

そして出口愛加ちゃんは何かを五メートルほど先の池に向かって投げる。ぼちゃん、という音がする。

「何？」

「スマホ」

「え？」

「だいじょうぶ。あとでちゃんと拾うから」

「いや、でも。つかえなくなっちゃうよ」

「いいの。番号を変えたいから、解約して新規に契約する」

番号を変えたいから新規に契約。かつて春行がしたのと同じだ。春行の場合は、どこからか番号が洩れてしまったらしく、イタズラ電話がかかってくるようになったので、そうした。

「こういうことをするのは本当に最後。これでおしまい。ふんぎりをつける」

僕は右隣の出口愛加ちゃんを見て、前方の池を見る。そしてもう一度。出口愛加ちゃん。池。

「わたしはこうやってここにいるんだから、どうしようもないよね。いるからには、いる。住所もあるし、電話番号もある。なくせない。自分をいないことにはできない」

出口愛加ちゃんが僕を見る。穏やかに笑う。もう小三ではないので、僕も出口愛加ちゃんをきちんと見る。二十年経ったのだな、と思う。

「あれ、拾わなくてもだいじょうぶかもね」と出口愛加ちゃん。

「いや、ダメでしょ」と僕。

「不法投棄になっちゃうか」

「そういうことじゃなく。個人情報が洩れちゃうよ」

「完全な水没だから、スマホ自体、アウトじゃない？」

「情報は取りだせるんじゃないかな。素人には無理でも、くわしい人ならできそうだよ」

「でも自分の写真とかは入れてないし、ネットで買物はしないからクレジットカードの番号なんかも残ってないはず」

「それでもさ、何かしらほかのものはあるよ」

僕はくつを脱ぎ、くつ下も脱ぐ。そしてくつ下をくつのなかに入れる。次いでパンツの裾をひざ下までまくる。ダウンジャケットを脱ぎ、シャツの袖もまくる。それらを素早くやる。

「え？　平本くん、ちょっと」

「拾うよ」

「いいよ。わたしがやる」

「いや、ここは僕が。座ってて」

「ほんとにいいよ」

「僕はこわがりだからさ、こういうの、そのままにしておけないんだよね。先に誰かに拾われちゃうんじゃないかと思って」

「誰かにって。誰もいないじゃない」

「いないけど。ほうっておいたら、排水溝に吸いこまれるかもしれない」

「吸いこまれたら、もうだいじょうぶでしょ」

「いや、わからない。下水道の業者さんに拾われるかもしれない。その業者さんは、スマホにくわしい人かもしれない」

ベンチから立ち上がり、裸足で五メートルほどを歩く。そして縁をまたぎ、池に入る。

「うわっ」と声が出る。

予想以上に冷たい。三月。じき春。でも水は冷たい。空気の比ではない。

幸い、池は浅い。まさにひざ下まで。でも屈んだりするから、パンツは濡れる。シャツも濡れる。でもその甲斐あって、どうにかスマホは拾えた。成功。

すぐに池から出て、ベンチに戻る。濡れたスマホを出口愛加ちゃんに渡し、座る。

出口愛加ちゃんはハンカチを出してスマホの画面を拭く。

「電源は入れないようにね。確かダメなんだ、水に落としたときは」

「わかった。入れない」

「いやぁ。冷たいよ、水。でもよかった、浅くて」

「ごめん」

「いいよ。僕が勝手にやっただけ。こっちこそ、ごめん。何かおせっかいなことしちゃって」

「拾ってからそう言ってくれるんだね」

「ん?」

「平本くんは変わってない。やっぱり優しい」

「いやいや。こわがりなだけだよ。不安な状況が続くのに耐えられないだけ」

「うらやましい。カノジョさん、幸せだね」

「そうでもないでしょ。わたしの郵便物のチェックとかしないでよ、なんて言ってるよ。

ふざけて」

「しないの？　チェック」

「しないよ。するわけない」

「していいわけないか。郵便屋さんとしても、カレシとしても」

「うん」

「わたしのこと、バカだと思った？　スマホを池に投げたりして」

「思わないよ。大胆な人だとは、ちょっと思ったけど。それは、公園でアイス食べようよって言ってくれたあのときも思ったかな」

言いながら、自分のハンカチで手や足を拭く。拭ききれない。

出口愛加ちゃんが池を見る。それから辺りを見まわす。言う。

「住宅地でも、夜は静かだね」

「うん」

「みつばって、いつも潮の香りがするよね」

「する？」

「する。引っ越してきて、思った。三ヵ月ぐらい経ってからかな。初めはそういうのを感じる余裕がなかったのかも。まあ、そんなに強くはない。でも穏やかな風しか吹いてないようなときでもするよ、潮の香り。平本くんは、感じない？」

「そんなには」

「きっと慣れちゃったんだね。郵便屋さんて、その町に住んでるようなもんだから。わたしも、早く感じなくなりたいな。早くこの町の人になりたい」

「もうなってるでしょ」

「なってるか。住民票もあるし、池にスマホも投げたし」

笑う。僕につられ、出口愛加ちゃんも笑う。

足がやや濡れのままくつ下を履き、くつも履く。そしてシャツの袖とパンツの裾を戻し、ダウンジャケットを着る。

「じゃあ、行こうか」と僕が言い、

「うん」と出口愛加ちゃんが言う。

午後九時半。みつば中央公園からハニーデューみつばまで、出口愛加ちゃんを送った。配達のときのように階段を上りはしない。下まで。

「いろいろありがとう」

「また郵便で何かわからないことがあったら言って」

「うん。それじゃあ」

「じゃあ」

出口愛加ちゃんが階段を上っていき、二〇五号室に入る。

玄関のドアが閉まるのを待って、歩きだす。

JRみつば駅に向かう。のをやめ、道端に立ち止まる。たまきに電話をかける。

「もしもし」

「もしもし。僕」

「うん。何？」

「もう仕事は終わった？」

「とっくに。ご飯も食べたよ」

「じゃあ、これから行ってもいい？」

「これからって、今から？」

「うん。明日も仕事だから、寄るだけ。すぐ帰るよ」

「どうしたの？」

「ちょっと顔を見たくなった」

「顔」少し間を置いて、たまきは言う。「いいよ。いくらでも見せてあげる。顔」

「近くにいるから、十分で行くよ」

「そのあいだにメイクもしとく?」

「いや、いいよ」

「アキはいいかもしれないけど。すっぴんをジロジロ見られるのって、結構キツいんだからね」

「ジロジロは見ないよ。それとなく見る」

「何それ」

電話の向こうでたまきが笑ったのがわかる。付き合って四年。そのくらいはわかる。

「何なら泊まっていけば? そのほうが楽でしょ」

「楽だけど。帰るよ」

仕事を終えて泊まるのはいい。現に毎週のようにやっている。が、泊まって仕事に行くのは、よくない。どうちがうのかわからない。でもちがう。それをやってしまったら、その日一日、仕事のペースが狂ってしまうような気がする。そうなるのは避けたい。その線は引きたい。

「とにかく行くよ」

「うん。待ってる」

「じゃあ」

「じゃあ」

電話を切る。

たまきの部屋に入ったら、電気ストーブで足を温めさせてもらおう。温めながら、何故そうするのかの説明もしよう。

というわけで、夜のみつばを歩く。奇蹟、と大げさに言うほどでもない小さなあれこれがあちこちで起こる町、みつば。

夜の風が頬を撫でる。微糖ならぬ、微風。意識しているから吹いているとわかる風。ついでに、これも意識してみる。潮。確かに香っている。微風に乗った、微香だ。僕が、そしてみつばの町そのものが、微風に撫でられているのを感じる。微香に包まれているのを感じる。

好きにもいろいろな種類がある。

カノジョ。初恋の人。友人。同僚。受取人さん。

僕の好きな人たちが、みつばにはたくさんいる。

この作品は、書下ろしです。
なお、本書に登場する会社等はすべて架空のものです。

みつばの郵便屋さん　奇蹟がめぐる町

小野寺史宜

2018年11月5日　第1刷発行

発行者　長谷川 均
発行所　株式会社ポプラ社
〒一〇二-八五一九　東京都千代田区麹町四-二-六
電話　〇三-五八七七-八一一二（編集）
〇三-五八七七-八一〇九（営業）
ホームページ　www.poplar.co.jp
フォーマットデザイン　緒方修一
校閲　株式会社鷗来堂
印刷・製本　中央精版印刷株式会社

N.D.C.913/287p/15cm
ISBN978-4-591-16059-6
落丁・乱丁本はお取り替えいたします。
小社製作部宛にご連絡ください。
電話番号　〇一二〇-六六六-五五三
受付時間は、月～金曜日、9時～17時です（祝日・休日は除く）。

P8101367